ハヤカワ文庫JA

〈JA1138〉

グイン・サーガ⑬②

サイロンの挽歌

宵野ゆめ

天狼プロダクション監修

早川書房

7289

CREEPERS IN CYLON
by
Yume Yoino
under the supervision
of
Tenro Production
2013

カバーイラスト／丹野 忍

目次

初出『グイン・サーガ・ワールド』5、6、7、8
(2012年9月、12月、2013年3月、6月)

——シレノスの貝殻骨。

ケイロニアの豹頭王、中原史にきざまれる偉大な英傑にも弱みは存在した。

《運命》の機《はた》にかけられる一本の糸に喩えるのも気がさすが、かの王者に病んでねじくれた横糸が絡められた時、悪しきやっかいな模様は織りだされた。英雄譚《サーガ》の主人公にも絶ちきりがたいしがらみ、愛ゆえの苦悩である。

運命神のタペストリに私が読み解くのはその痛みである。

パロ王立学問所名誉教授タム・エンゾ

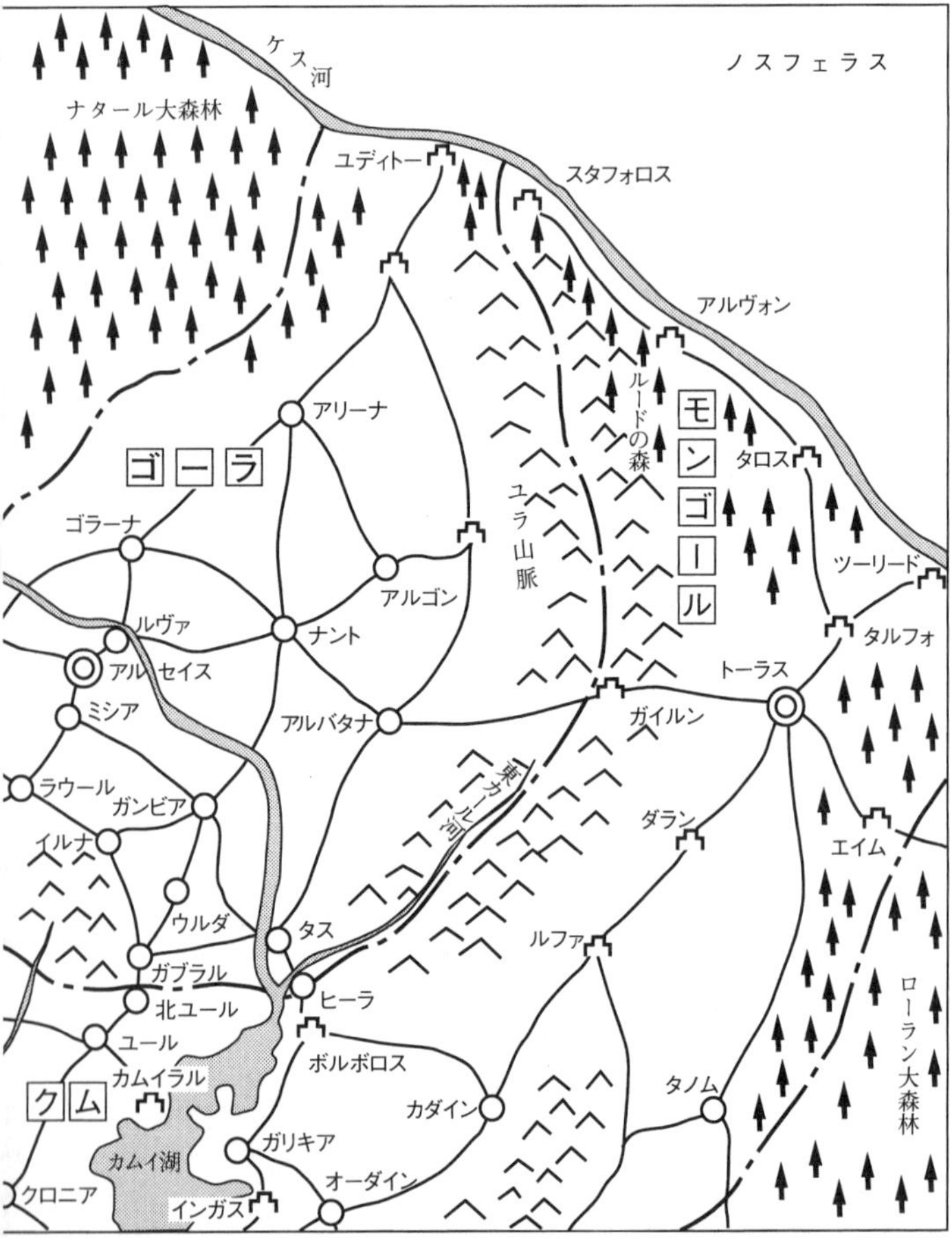

ケス河
ノスフェラス
ナタール大森林
ユディトー
スタフォロス
アルヴォン
ルードの森
モンゴール
タロス
ゴーラ
アリーナ
ユラ山脈
ゴラーナ
ツーリード
アルゴン
ルヴァ
ナント
タルフォ
アルセイス
トーラス
ガイルン
ミシア
アルバタナ
東カール河
ラウール
ガンビア
ダラン
エイム
イルナ
ウルダ
タス
ルファ
ガブラル
ヒーラ
ローラン大森林
北ユール
ユール
ボルボロス
カムイラル
タノム
クム
カダイン
ガリキア
カムイ湖
オーダイン
クロニア
インガス

〔中原拡大図〕

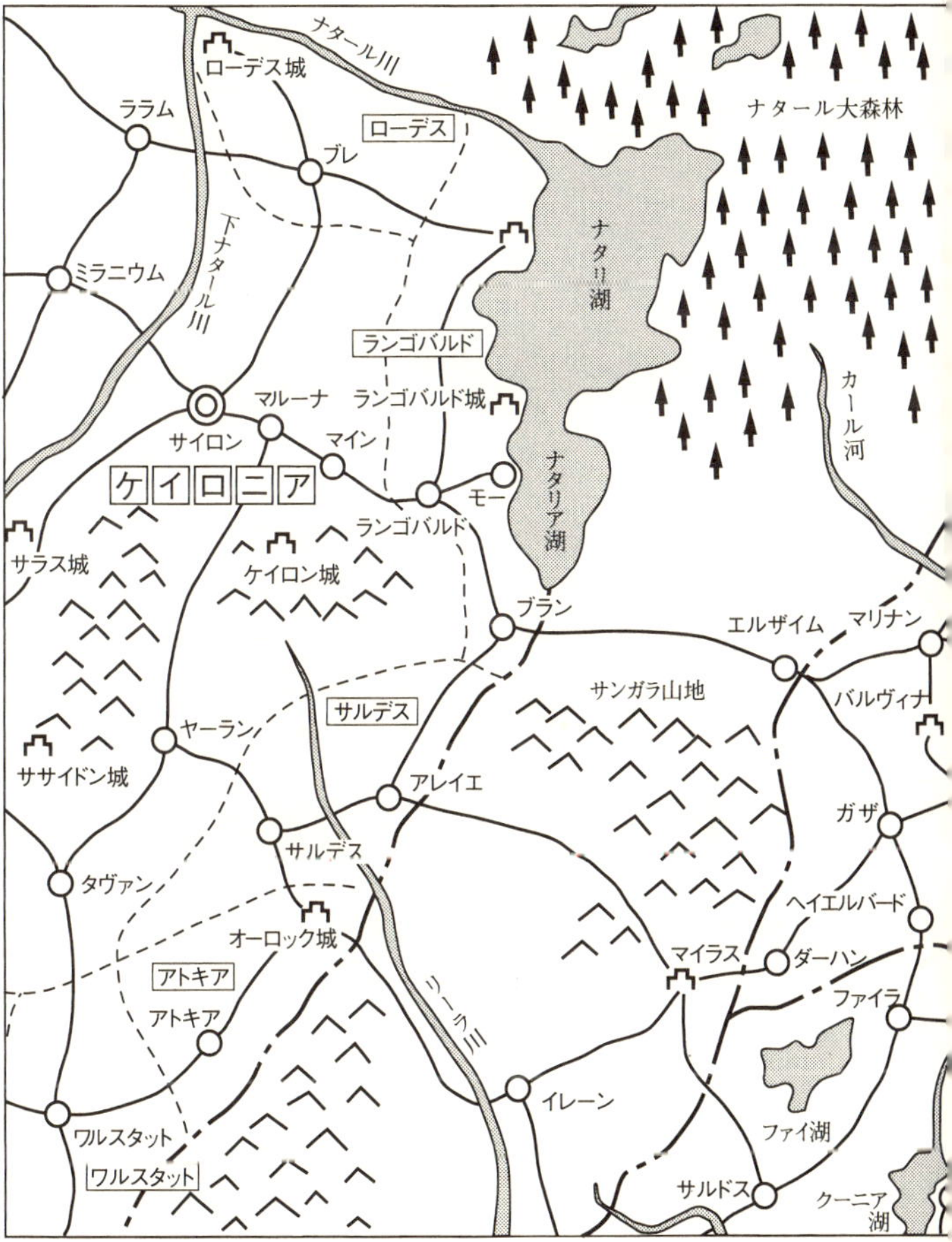

ナタール川
ローデス城
ララム
ローデス
ブレ
ナタール大森林
ナタリ湖
下ナタール川
ミラニウム
ランゴバルド
マルーナ
ランゴバルド城
サイロン
マイン
カール河
ケイロニア
モー
ナタリア湖
ランゴバルド
サラス城
ケイロン城
ブラン
エルザイム
マリナン
サンガラ山地
サルデス
バルヴィナ
ヤーラン
ササイドン城
アレイエ
ガザ
サルデス
タヴァン
ヘイエルバード
オーロック城
マイラス
ダーハン
アトキア
ファイラ
アトキア
リーラ川
イレーン
ワルスタット
ファイ湖
ワルスタット
サルドス
クーニア湖

〔サイロン〕

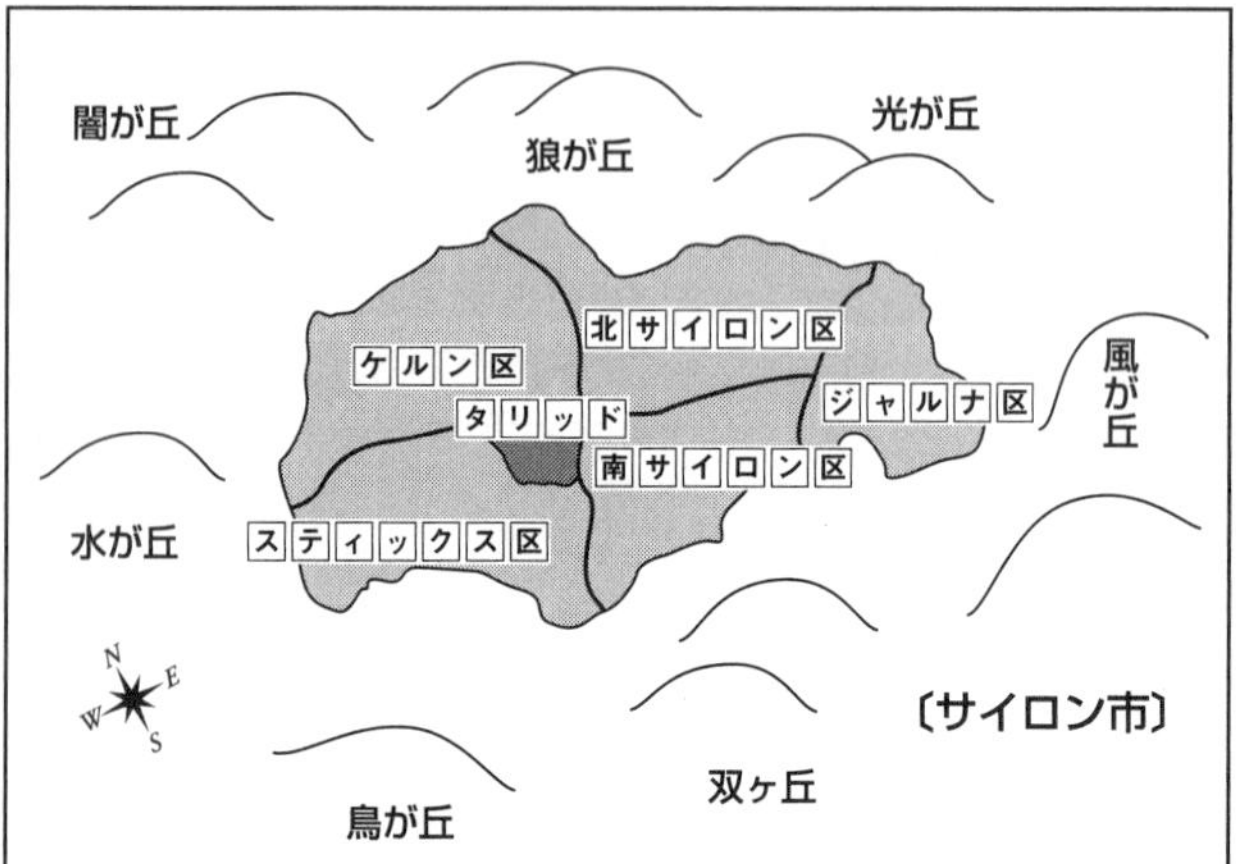
闇が丘
狼が丘
光が丘
北サイロン区
ケルン区
タリッド
ジャルナ区
風が丘
南サイロン区
水が丘
スティックス区
N
E
W
S
〔サイロン市〕
鳥が丘
双ヶ丘

〔タリッド地区〕

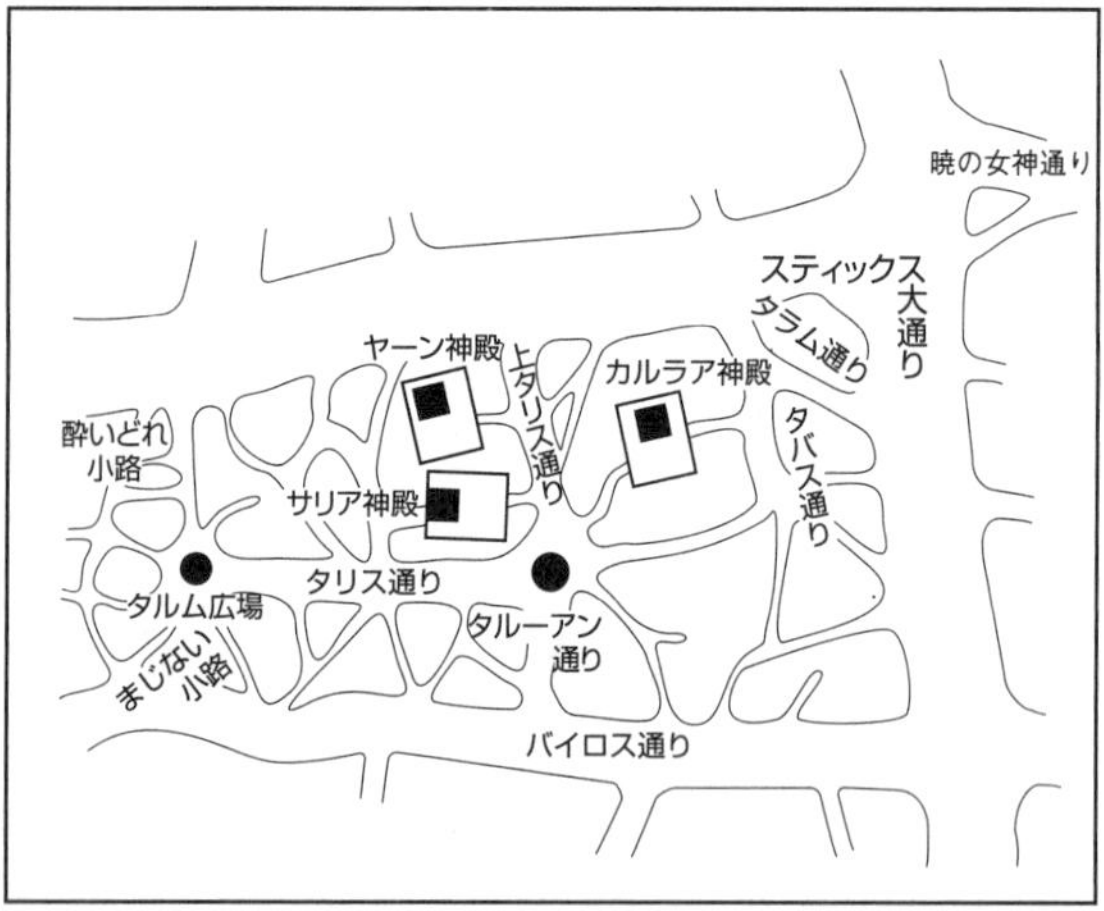
暁の女神通り
スティックス大通り
タラム通り
ヤーン神殿
タリス通り
カルラア神殿
酔いどれ小路
タバス通り
サリア神殿
タリス通り
タルム広場
タルーアン通り
まじない小路
バイロス通り

サイロンの挽歌

登場人物

グイン……………………………………ケイロニア王
ヴァルーサ………………………………グインの愛妾
ハゾス……………………………………ケイロニアの宰相
トール……………………………………ケイロニアの将軍
ガウス……………………………………ケイロニアの将軍
ロベルト…………………………………ローデス選帝侯
マローン…………………………………アトキア選帝侯
ニーリウス………………………………薬師
オクタヴィア……………………………ケイロニア皇女
アキレウス………………………………ケイロニア第六十四代皇帝
ロザンナ…………………………………〈青ガメ亭〉の女将
パリス……………………………………元シルヴィア付きの下男
ライウス…………………………………口入れ屋
グラチウス………………………………魔道師

第一話　狂花

プロローグ

闇が、深い。

塗り込められたような暗さだ。

眼《まなこ》のみならず、鼻腔や耳の穴までもふさぎこめる、それほどに濃密な暗やみ。

尋常な暗さではない――そう人間の生活の場がこうまで暗いはずがない。

ケイロニアの夜、人々の暮らしと灯は切っても切り離せない。よっぴいて看板をだしている酒場や居酒屋、あいまい宿のいかがわしい灯、真夜中でも旅人をむかえいれる旅籠……。暁の光がさしそめる刻限まで、歓楽街の紅い灯が消されることはない。

閑静な山の手地区の、貴族の下屋敷や富裕層の邸でも、門前にはかならずたいまつが焚かれている。

これが国家君主の住まうところなら、館うちの廊下や階段に灯をたやさぬことが、近習や夜番の小姓の怠ってはならぬ大事な勤めである。広大な庭園のあちらこちらに常夜灯が備えられ、地上の星のように瞬いている。風が丘なる黒曜宮こそが、イリスのない夜でも、北の大都の人々に光の恩恵を投げかけているのだ。闇なき都と呼ぶ者もいるぐらいなのにおかしな話である。

ではサイロンの一角ではないのか？

もっと郊外の七つの丘のむこうにひろがる森林地帯の夜なのか？　それもちがうだろう。なにせ針葉樹の芳しい香りがしてこない。葉擦れの音ひとつしない。風がない。空気がうごいていない。澱《よど》んで重い、息ぐるしさを覚えさせる闇また闇があるばかり。

かりにローデス辺りの田舎なら、ありえないことはもうひとつ。どこからもナタールの瀬音がしてこないことだ。玲瓏《れいろう》たるイリスの美貌か、幾百幾千万の星を映してさざめくナタール川かと、吟遊詩人のうたった名川のせせらぎの音が聴こえてこないなどありえない。

――水の音？

水音ならしてくる。ごく微かにちょろちょろと、川であるならごくごく細流、水たまりの水がちいさな溝にながれこむそのような音だ。闇の中の小川はナタールどころかとうてい清流とはよべなさそうだ。においが教えていた。異質な――異臭とさえいえるにおいがたちのぼってくる。

濃厚な闇の世界、異様な臭気のする川。ではやはり七つあるというドールの地獄のひとつなのだろうか？　だとしたら、この川こそ、人や馬やありとあらゆる動物の、母親の胎内から流れてしまった罪なき児《イノセンス》らが、なかば腐りとろけながらもいつかふたたび地上に生まれなおす日をゆめみて漂う闇の川なのだろうか？

この妄想をやぶったのは、チュウという鳴き声だった。

それは中原ではごくありふれた獣、穴ねずみ《トルク》のものにちがいなかった。

チュウチュウチュー、鳴いているのは一匹ではなかった。闇にうごめくおびただしい気配から、かなり大きな群だとわかる。

チュッ、チュウチュウ。

鳴き声にまじって、カリカリと硬いものを齧《かじ》る音、それに砂かなにかをかきだす音もしてくる。闇を棲処《すみか》にするトルクたちは、その習性にしたがった行動をとっているようだ。鋭い門歯で穴を掘り、掘った土を後肢でかきだすという。

その名のとおりトルクはどんな地層でも岩壁でも、城塞や宮殿であろうとおかまいなく穴をうがち自分の通り道をつける。「トルクの道はドールの地獄にも通ずる」と云われるゆえんだ。その世界一しぶとい穴掘りたちが、飽くことなく穴を掘る音がつづいている。

ふいに、トルクの鳴き声や穴掘り音とは異なる音が闇の中にひびきわたった。かん高い——笛の音だ。

するといっせいに、穴を掘っていたトルクの群がふりむいたとしか思われない。数百、千を超えるやもしれぬトルクの眼がいっせいに——それはおぞましいけしきでさえあった。

無数の、真紅の鬼火が、暗渠《あんきょ》の中で燃えさかっていた。

1

ルアー——そのまばゆい尊顔が風が丘と双《ならび》が丘の間にのぞき、清れつな朝の光をはなちだすと、北国のつめたく硬質な空気もだいぶやわらぐようだ。

歴史的には、ケイロニアの首都サイロンが、いくつにも乱立していた大公国のひとつ《七つの丘の都》とよばれるサイロンの早朝である。

——ケイロニア大公国の中心地であったその頃から、七つの丘のつらなる丘陵地帯は、サイロン市を天然の要塞であるかのように護ってきた。

七つの丘は先の二つのほかに、光が丘、鳥が丘、水が丘、狼が丘、闇が丘と名づけられている。風が丘の黒曜宮には王が住まい、双が丘には前黒竜将軍の公邸があり現在は騎士宮がおかれ、光が丘には皇帝家の要である大帝の保養所を兼ねた離宮が建設されている。

闇が丘——北西の端に位置する丘には、その名にふさわしい小暗い目的につかわれる離宮が建つのだけれど。

サイロンのほぼ中央に位置するタリッド地区は、庶民の生活の舞台となっている。サイロンの下町はこの時代としてはたいへん設備がととのっており、石畳で舗装された道は広々として両脇に雪解け水をながす排水溝が設けられている。世界に名だたる文化都市であった。

市内を大きく南北に分かつスティックス通りからタリッド地区に入ると、網の目のように横道が入り組んでいて、いささか様子がいかがわしくなる。

タリス通りから至るタルム広場とバイロス通りをむすんだ百タッドほどの横町こそが、名高い《まじない小路》である。パロのクリスタルか、サイロンのまじない小路か——といわれるぐらい、あやしい魔道の香りがたちこめる界隈なのだ。

質実剛健、尚武の国ケイロニア。その国の民といえば実直温厚な人がらでしられている。これとまじない小路のまじない師やら魔道師らが共存する矛盾——。ケイロニア人とは清濁あわせ飲む懐の深さ、あやしく神秘的なものに惹かれる性格をもつのかもしれない。

まじない小路とタルム広場を隔てたところに、〈青ガメ亭〉はあった。女将が子ガメの頃から可愛がっていて今や一タールにまで成長している青ガメから名をとった。その寡婦の女将の切り盛りする下宿屋なのだが、猫の年サイロンを襲った大災厄、黒死病の大流行によって各地方都市や諸外国からの旅行者や滞在者が減るにつれ下宿人も去り、皇帝の騎士団にいたのが怪我で足をだめにして下宿の二階でくすぶっている義理の弟ひとりとなって久しい。

ケイロニア婦人らしい金髪でかっぷくのいいロザンナは、若いころは十人並みといわれる器量だったが、五十の坂を超え、しかも疲れてうんざりした表情のせいでよけい老け込んでみえた。

（……ほんとにねえ）

すっかり口癖になってしまった独り言だ。

（ほんとにねえ、うちのパンがこんなに余るなんて……ありえない、あってはならない話だよ！）

〈青ガメ亭〉では、下宿人にたべさせるだけでなく近隣に売るぶんのパンも焼いていた。ロザンナの亡くなった亭主はパン職人で、連れ添ううち見様見まねでこしらえ方を覚えた彼女、今では名人と呼ばれる腕前になっていた。

多いときは一日二十から三十スコーンものガティ麦の粉を練ってまるめて、亭主の形見となった石窯《いしがま》で焼きあげる。特に〈青ガメ亭〉の名物であるカメをかたどったパンは、なかにほんのり甘い卵あんが入っていて滋養にもなると飛ぶように売れ、焼いても焼いても間に合わず、下宿人まで手伝いにかりだすほどだったが、災厄後はめっきり売上不振になり、十スコーンも焼かないのにゴッソリ売れ残ってしまう。

（こんなに余るんなら、明日は七スコーン……いや五でもいいかねえ）

ぼやきつつも、ふと目がいくのは市内をみおろす七つの丘のひとつ――ケイロニア王がいます黒曜宮である。

サイロンが黒死の悪魔にはらった犠牲は、おそろしいことに人口の四割にちかい。この凄惨な猛威を食いとめ、同時にそれ以上病人を増やさぬため護民官ひいては黒曜宮のとった措置はかんがえられる限り迅速で適切で手厚いものであった――それでも、サイロン市民ことに母親はわが子が罹患《りかん》し、手足が先から黒変し腐臭をはなちだした時、動顚《どうてん》のあまり何に祈りを捧げればよいかも解らず、それどころか神々を恨みさえしたのだ。

ロザンナも――彼女に子供はいなかったが、下宿させていた二十歳にもならない少年が発病し、色白の顔がまっ黒に腐りくずれていくのを看取った時には、（神様なんていないのかねえ。黒曜宮においでになる豹の頭の王様は、生神さまだって……貴族や兵隊さんはずいぶん崇めてるけど、この子の命ひとつ救えやしないんだったら、ほんとうは役立たずじゃないのかねえ）やるせなさから思わずにいられなかった。

どうにか黒死病が終熄し、おびただしい数の病死者の火葬と埋葬をつつがなくとり行なったのも王命をうけた勇敢な護民官と国王騎士団の猛者であり、その後の市中の下水道の管の中までも消毒にあたらせたのも豹頭王の英断であったのだが……。

市内への厳重な出入規制が解かれた今も、黒死の魔を過度に怖れてか、中原諸国からの旅行者や交易商人はサイロンときくと二の足をふむ。他の選帝侯領から訪れる者もめっきり減った。かつては——旅の吟遊詩人、ミロクの巡礼、傭兵たち、コクタンの肌の奴隷、目のつりあがったキタイ人、赤毛のタルーアンの巨人、深くフードをかぶった魔道師など——さまざまな人種がゆきかっていた中原一の大都市の面影いずこ、というぐらい大通りもさびれている。年が改まっても、復興の道のりははるか彼方にあるのだった。

女将はまだ人通りのない道を売れ残りのパンを詰めた麻袋を担いでゆく。その姿は通りの四つ辻に祀《まつ》られている風神ダゴンを思わせなくもない。十分《タルザン》ほど歩いたさきにあるのがタルム広場だった。

通りと通りが交叉する広場には、噴水やら人工の池、なにかの記念に建立された彫像、植え込みの間にはベンチやあずまやも設けられていて、災厄の前にはあんばいよい市民の憩いの場になっていた。彼女がその片隅にパンを不法廃棄——聞こえはわるいが、実際サイロンの法には違反する——するようになったのは、自分の作ったパンをごみにするのがどうにも忍びなかったからだ。広場に置いといたら誰ぞ持っていきはしないか？ためしにやったら消えてなくなっていたので、パンが余るたびあずまやの陰に置いてくるようになった。

物乞いか、浮浪者、食いつめた遊民がもってゆくのだろう。いつも袋ごと消えさるから鴉《ガーガー》のしわざというわけでもあるまい。

（もしや、疫病で両親をなくしてしまった孤児がもってゆくのかしら？）

軽犯罪をおかしている後ろめたさを妄想でごま化し、ささっとその場を離れ――ようとしたところでだ。のそりと、灰色の熊《バル》みたいなやつが、あずまやから出てきて彼女の前にたちふさがった。

亭主亡くして幾年月、女手一つで一家を切り盛りしてきたロザンナ、めっぽう気がつよい。相手は見上げるほど長身の男。身につけている濃灰――いわゆるトルク色――のフードとマントの下の量感たくましく、うす汚れたそで口からのぞくごつごつした手は戦士のものともみえるが一歩も退かず、それどころか、

「なんだってんだい、あんた？」

頭ひとつ半は大きい相手をきつい調子で誰何《すいか》した。

フードの奥でまたたく青い目の光は粗暴には見えなかった。いくぶん暗いがむしろ穏やかそうだ。一目で悪者ではないと判断できたのは、今までロザンナが大勢の下宿人をみてきて人をみる目に自信があったからだ。

「――あんた？」

それに勘がはたらいた。彼女は麻袋をさして訊いた。

「今まで、その——あたしのパンをもっていってた人かい？」

フードの頭がこっくり首肯《うなず》く。

「そうかい、そうかい、美味しかったかい？」

もう一度こっくりしたので、ロザンナはにっこりする。

「それはそうだろさ。昨日焼いたものだけど味はまだ落ちてないし、中の卵あんはうちの秘伝なんだよ。ああ、あたしはロザンナ、〈青ガメ亭〉のロザンナといったらこの辺りではちょいと知られてるんだ、あたしのパンをたべたら他のはたべられないってね……ほんとにねえ、それがこんなに余ってしまうなんてもったいない話だよ、そうおもわないか——あんた？」

彼女は名前を訊いたつもりだが、大男はだまっている。口をきけないのか、体は立派だがつむりに障がいをもつのか？　その種の子は、ケイロニアでも親に捨てられ浮浪人となる場合が少なくなかった。

（そういうかわいそうな子が育ったんだろうかねえ）

世間のたいていのことに通じているつもりでいる中年女らしい短絡さで、

「ごはんこれからだろ？　遠慮しなくていいんだよ、さあおたべ、おたべ」

男はもういちど頭をさげてから、麻袋のくちをひらいてカメの形をした大きなパンをつかみだし、むしゃむしゃたべだした。その旺盛な食欲をながめるうちロザンナはふしぎな気分……この大男にならば何をいっても許されるような気分になってきた。

「あんたにならば話してもいいかねえ。ほんとにねえ……今日の今日まで耐えてこらえて、誰にも――家族にだって愚痴なんか聞かせたことはなかったんだよ」

何をうらみ誰に文句を云えばいいかも解らなかったが、何の罪とがもないサイロン市民を突然見舞った災厄、理不尽な運命にたいする怒りや鬱屈《うっくつ》、悔しさは彼女のうちで吐きだす機会を待ちあぐねていたのである。

「あんたはいくつぐらいかねえ。ああでも、黒死病で逝っちまったダリルより若くはないだろう？　だってあの子は二十歳にもなってなかったんだよ。ベルデランドの出でね、ベルデランド――行ったことあるかい？　話にきいたことぐらいあるだろう？　もっとずっと北のほうの、上ナタールも上流の、深い森と湖ばかりのくに
なんだそうだ。そんな田舎から馬で何日もかけてやって来たダリルには志があった。黒曜宮の王様の騎士団にはいるって志――大きな大きな夢がね。それがサイロンに出てきたばかりに、あんなことになっちまって……。ダリル……抜けるように色がしろくて、騎士なんかより役者になったほうがいいぐらい綺麗な子だったんだよ。それが……ドールに見そめられさっさと連れてかれちまった。かわいそうなあの子の魂は、吟遊詩人の歌にあるように白鳥になって今ごろナタール川に舞いもどってるかしらねえ」

エプロンの端で目頭をおさえる。

「むごい、ほんとうに……ひどい話もあったもんじゃないか？　亭主が酔っぱらって川で死んだ時より悲しかった、くやしいとも思ったよ。これからじゃないか……夢とか希望とかぜんぶこれからだったじゃないか？　あの子が息をひきとってから、あたしゃどこの神殿にもいってないんだよ。拝む気がしなくて。あたしだけじゃないけどね、神様が信じられなくなったのは。黒死病に家族を……かわいい子供を連れてかれっちまった者はみんなおなじ気持ちさ。お向かいの〈長寿亭〉なんて、若夫婦とかわいい盛りの孫娘が死んで、残された老夫婦はふたりともあたしより年上なんだ。毎日ないてるよ、なきながら……拝むどころかすべての神を呪ってるよ。それはいけないと思うけど。今はまだその気にならないが、そのうち神殿に詣《もう》でてお賽銭をなげてくるつもりだ。まずカルラアの神殿にね、吟遊詩人が歌を奉納しにくるんだよ。みんな喉じまんだし。綺麗な子が多くて目の保養にもなるしね」

自分の云ったことに酔ってしまうのも中年ならでは。ロザンナはカルラア神殿のコンサートをおもいだし残照めいた光を目にともした。自分の掌ぐらい大きなパンを何個もたいらげた男は静かな目をむけていた。目の光は暗いが、そのぶんまじめに話をきいているようだ。

「ああ、昔はよかった……ってまだ一年たってないのにずいぶん昔のような気がするよ。パンが売れ残るなんてこともなかったし。〈長寿亭〉の婆《ばば》さまが、うちに上がりこんでさんざっぱら孫自慢したって、あたしに子供はいないが下宿人が息子や娘みたいなものだから寂しいなんて思ったことありませんよって、強がりでなくほんとうにそう思ってたんだ。今までそりゃあ大勢の下宿人がいたからね。いろんな子が――うちは若いひとりもん専門だから。だって若い子っていいじゃないか！　目がきらきらしていて、これから一旗あげようって気勢があって――それが美形だったりすると近所でも評判がたつし、あたしの気分もはなやぐし、ひと目おがもうってんで副業のパン屋まで繁盛する。一石二鳥どころか三鳥がたとれるってもんさ。……ダリルだけじゃない、女の子にもいたよ評判になった子はね。ありゃきっとたいそうな身分の――お姫さまにちがいないって、ひとりが云いだしたらそうだそうにちがいないって大騒ぎになって」

いい、い、い、いたいそうな身分のお姫さまのところで、フードの頭がぴくりとうごき、暗い目にそれまでとちがう光――強い興味をしめす光がともったが、ロザンナは気にとめず話しつづける。

「これはあたしの勘だけど、その娘さん――家出してきたんじゃないかって……」

「そ…の……むす……」

男がはじめて言葉らしきものを発したので、ロザンナは眉をあげた。

「おや、口がきけたんだ……って気をわるくさせたならごめんよ。あたしゃてっきり……あんた、じゃ名前はなんて云うんだい？」

「パ……」云いかけて「……トルク」と云いなおしたのを、ロザンナは穴ねずみ《トルク》はないだろうと思い、

「パルクっていうのかい?」

あいまいな肯定ともとれるジェスチャア。

「そうかいパルク。あれ?　なんの話をしてたかねえ」

「むすめ……いえ出した姫さまの……ことだ」

もっさり鈍そうな、やはり障がいがうたがえた。

「そうそう、あの子のことだ。なんか特別なわけがあってサイロンにきたんじゃないかと思ったね。背が高くて金髪の、おちついて見えたけどまだ若かった。中原の人とは言葉がちがってたから、よその国から来たのかもしれない。二年は居たかねえ。女だてらに剣術《やっとう》をたしなむんだ。近所の子らにおしえてたぐらいでね。男だったらダリルみたいに豹の頭の王様の騎士団に入りたがったかねえ」

そこでフードの奥に変化があった。パルクのこの変化——暗い目から吐かれるあやしいかぎろいにロザンナは気づいたが、まさか豹頭王グインの名が、相手のうちに暗い情念をひきだしたとは思わない。ケイロニア皇帝に「わが息子」と呼ばれ、実質的支配の座についたグイン王である。大国を背負ってたつ英雄に、愚痴のような不満を漏らすならいざしらず、あからさまに悪意を向けるばちあたりがいようとは想像するのも難しか

った。

「狼の年だった。その子、突然母が急病なので帰りますと、あわただしく荷物をとりまとめ出ていった。ほんとうの身分もどこの出身かも、そもそもどういうわけでサイロンにやってきたかも解らずじまいさ」

「……グイン」

「は？　今してるのは豹の王様の話じゃないよ、青い目の娘さんのことだよ」

「あおい目……ちが……」

パルクはのろのろと云った。目にあるのは遠い――虚空に何かを追いもとめるような光だ。大きく首を振り、もういちど否定する。

「ちが…う……」

つらそうに云いつのる。

「何がちがうってんだい？」

「……シル……ア」

思いつめたような、切なげな声音に、ロザンナはピンときた。だいたい林檎《シルア》とくれば可憐な少女の代名詞なんだし。

「そのシルアっての、あんたの思う娘かい？」

「ちがう…！」

浮浪人は、はげしく頭を振った。いきおいでフードがぬげ、黒いこわそうな頭髪とおせじにも端正とはいえない顔があらわになった。齢《とし》は三十前後だろうか？　いかつい角張った顔はさんざん殴られたように、あちこち赤紫にうっ血している。特に右のまぶたがひどく腫れあがっているのと、額のえぐれたような傷痕が目立った。

「あんれまあ」

ロザンナは目をまるくした。肌の色からケイロン人ではあるようだが、面食いの彼女ならずとも、これだけ醜くつぶれた面相をまぢかくしたら同情よりまず驚きがくる。すかさずそこに「俗っぽいヤーンのお告げ」が降りてきても、仕方がない。

「あんた、その顔！　ひょっとして、そのシルア姫様への懸想が、おつきの騎士にバレちまいこてんぱんにのされ、貴族のおやしきを追い出されたってえ……図星だね？」

痣《あざ》だらけの顔を指さし声をたかくする。

パルクは目を伏せうなだれる。図体がおおきいぶん同情をそそった。

「かわいそうにねえ。でもこればかりは……どうしようもないことなんだよ。身分ちがいの恋ってやつはね。あきらめるしかないんだよ。かわいそうだけど。お姫さまの婿には、貴族のぼっちゃんか他国《よそ》の王子様って生まれながらに決まってるのさ。それこそヤーンのさだめた運命なんだよ」

「……やーん？」

「そうだよ、ヤーンのお決めになったこと。そう思えばあきらめもつくってもんだろ？」

「ヤーン」パルクはおうむ返しに云った。

「そんな顔にされっちまうなんて、男が女に惚れただけで……ほんとにねえ。こんな酷いのってないよねえ……」しみじみ云う。

「ヤーンだよ、わるいのはすべて。ああいや、神様をうらむなんて……いけないことだよ。今までそう思ってきたよ。あたしは十二神の神殿ぜんぶに、そんな多かないけどちゃあんとお賽銭をあげてきたんだよ。信心深かった、いや今でもそうだけど。このあたしが詣でなかったのは暗黒神殿だけさ。どうにもあそこは苦手で……ドールだけは拝む気がしなくてね。なのにうちのごくつぶしときたら――」

「あんこく神……どーる……」


ひくい底ごもった声だった。目の光もちがってきていた。ロザンナは獣じみた眼光に気づかずつづけた。

「おそろしい話だろ？　今まであたしが暗黒神殿にだけは詣でなかったのも道理だろ？なのにうちの弟――身内のわるぐちは云いたかないが、酒飲みだが働き者だった亭主とは似てもにつかないロクデナシなんだ。そりゃ昔はタリッド一の韋駄天《いだてん》って――その足を買われて皇帝の騎士団にもむかえられた――それもひと昔前のことさ。足の腱をきって退役してから、年金はもらってるけど、すっかり性格がねじけちまって。どうしたもんかと日ごろ悩みのタネさ。黒死病がはやりだすと、まっさきに暗黒神殿にでかけてって――医神《カシス》じゃなくってドールの神殿だよ！　司祭の話をうのみにして『ドールはいけにえをほしがってる』なんておそろしいこと云いやがんだ。ええ、あたしゃ叱った、ぶっとばしたさ。ドールにいけにえなんて、えい！　口にするのもけがらわしい、ドールの悪魔なんて――」

「……あくま？」

「そうだとも、ドール。悪魔の大王さ」

邪神の名によって、何かの枷《かせ》がはじけ飛んだとでもいうように――

「う…う――うおっ、うおおぉぉっ！」

男はおめき、大声をだした。それだけではない、立ち上がり、両手で頭を抱え頭髪をぐしゃぐしゃかき回す。突然のこの振る舞いに、ロザンナはこわくなって二歩三歩と後ずさる。

男は仁王立ちしたまま、天に――ルアーに向かって叫んだ。

「あくま……ドール！　ドール……王……ぐいん！」

あずまやまで逃げていたロザンナはふり返り、（なんだって？）

パルクが暗い瞳をかっとみひらき、眼光ものすさまじく睨みすえるのは、七つの丘のひとつ風が丘――豹頭王がいます黒曜宮なのだった。

そして――

「……し……るあ、シル……ああ！　シルヴィア、シルヴィアさま……！」

喉も裂けよ、血に啼《な》けよと、男は天に向かって吼《ほ》えたてた。ケイロニア第六十四代皇帝アキレウス・ケイロニウスの世継ぎの姫にして、かつてケイロニアと――今や版図にないユラニアとの戦役の発端ともなった皇女――シルヴィア・ケイロニアスそのひとの名を。

「アイツは、英雄なんかじゃない、ちがう！　みなが思うような――ちがう、アイツはあくまだ。ぐいん、ぐいん、グイン……！」

傷だらけ痣だらけの浮浪人がほとばしらせる狂気じみた叫びを、あずまやをたてにしたロザンナは震えながらきいていた。

堅気の彼女ならずとも、数百万人かのケイロニア国民の誰ひとりとして聞き入れがたい告発――讒言《ざんげん》ではないか？

（じ、冗談じゃないよ。パルク――正気の沙汰じゃない。それとも悪いまじない師、それこそドール神殿の司祭に邪《よこしま》をふきこまれたかして……？　でもそんな口にするのもおそろしすぎる……ばちがあたっちまうよ！）

しかし手負いのヒグマ《バルル》のような大男をいさめることなど出来るはずがない。彼女はあずまやの壁に背中をおしつけ震えながらなんどもヤーンの印を胸の前で切るしかない。

「アイツこそあくまだ！　みんなアイツにだまされている——グイン、グイン、グイン！」

そうやってパルクが叫び、荒れくるっていた時間《タルザン》はしれぬ。

おそろしい咆哮がふいに熄《や》むまで、ロザンナには永劫のようにおもわれた。

こわごわ様子をうかがうと、大男は麻袋をかかえてその場をあるき去るところだった。

そして、そのまま、大股で広場を横切り高い塀の前まできたところでいきなり——

えっと、ロザンナは目をみひらく。

やや距離があったとはいえ、レンガ塀と灌木《かんぼく》の繁みの間で忽然と男の姿は消えてしまったのだ。

(魔道？　ってことはあのおひと魔道師だったのかい？)

奇怪な消失っぷり、それ以上にかれの口にしたおそろしい——それこそサイロン市民にしたら「この世とドールの地獄がいれかわる」讒謗《ざんぼう》のせりふに、魂をうちすえられたまま、

(ほんとに……縁起でもないったら、神さまァ…)

腰をあげることもできず、ただただ魔除《まよけ》の祈りを唱えるばかりだった。

この早朝のできごと以前に、タリッド地区だけでなくサイロンのあちこちですでにその兆《きざ》しは目撃されていた。ただ目撃した者は誰ひとりとして、ロザンナほど脅かされもしなかったし、ことさら怪しむこともなかった。それは黒死病や、上空にあらわれた巨大な顔といった怪異にくらべたら、べつだんどう云うこともないありふれた異常だったからだ。

〈青ガメ亭〉の大きな石窯がすえられた厨房や、老夫婦だけでほそぼそと経営している食堂の食料庫にも、ちょろちょろしている暗い灰色の小さな影。

それらはいんちきの辻占《つじうら》やあまり力のつよくないまじない師といった有象無象《うぞうむぞう》から、「ドールに追われる男」やら、糸占いを得意とする女呪術師、はじめて豹頭王がサイロンに入った日祝福にあらわれた予言者までもが、軒をならべ結界を張りあう《まじない小路》にも怖れるふうもなく出入りしていた。

その姿をみかける割りあいが、常の年よりいくぶんか多いことにサイロンはまだなんの不審もおぼえていなかった。

市民は悪しき影は吹きはらわれたと信じこんでいた。細ながい尾がいきなり前をよぎれば驚かされるし、婦女子なら悲鳴のひとつもあげるかもしれない。だがそれを凶兆と見なすのはむずかしい相談だった。

2

黒曜宮。

獣神ラーが宮殿の屋根ですべての方位ににらみをきかせ、大門からつづく路の両脇にも神話の怪物たちの彫像が威嚇するかのように立ち並んでいる。

黒曜石と黄金でけんらんと統一された宮殿の、現在の主こそが神話中の神話であり、生けるシレノスその人である——

「陛下——グイン陛下！　ご機嫌うるわしゅうございます」

ぬきんでた偉丈夫を上等な絹と羊毛をあわせ織った衣服につつんだ王は振りかえり、挨拶を返しかすかに笑ったようだった。

「トール将軍」

トパーズ色の目、黄色い地に黒の斑紋もあざやかな、野獣の牙をそなえた口、黒い鼻づら、生きたほんものの豹の頭であるからには、常人なみの喜怒哀楽があるようには見えぬのだが、そこは長い——風来坊の傭兵としてさきの黒竜将軍ダルシウスに仕官した頃からの交誼《こうぎ》がある、副官になってからもいろいろと腹を割った話をしてきた、なにせ恋愛の相談に乗ったことさえあるアトキアのトールである。微笑だとすぐにわかった。

「……ホッとしました」

「いきなり何を云う？」いぶかしむように口をまげる、豹の髭《ひげ》がすこし震えている。

「ここのところのしんねりむっつり、ようやく晴れたようで」

グインはまた口をへの字にした。

「しんねりむっつり……」

トールの（心中のわだかまりを口にしないので陰気にみえる）発言に、王は苦笑をかみころしたかに見えた。

「あなたはね――宮殿にでんと据わった人がたの太陽みたいなものです。ルアーってのも喩えにゃ役不足かしれないが。どんな雨嵐にあっても心強いたいまつの炎がなにがなしくすぶっていたでは国全体の士気にかかわります」

グイン王こそ黒曜宮の中心――心臓である。トールならずとも、パロのクリスタル・パレスをしのぐ大宮殿に仕える誰もが肯くことである。

「ルアーには、たぶんに迷惑な話だと思うがな、このような異形に喩えられては」

髭をふるわせ云いかえす。

一時は中原全体を巻き込むかにみえた、友国パロの内乱に発する争乱に出陣し《怪異の目》を人知を越えた戦いのはて文字通り彼方へと払い退けた豹頭王であったが……。パロ・クリスタル解放とひきかえにケイロニア側の支払った代償はあまりにも大きかった。当時黒竜将軍であったトールはじめ、股肱《ここう》、宮廷貴族、ケイロニアの民すべてが、一年ものながき、国土であり最大の守護神をうしない、消息を知ることもできなかったのだ。王が、狂詩によまれるような冒険の旅より帰還するまで、黒曜宮は正常に機能せず――宮廷から精気はうせ、皇帝はいたつき、高官は政治判断をくるわせた。

さらに云うなら豹頭王不在の期間に国家の大柱たる皇帝家に生みつけられた「悪しきもの、悪しき風」は手遅れと云わざるを得ない段階まで育ち、宰相が事後処理にあたったものの、その解決のし方は到底すっきりしたものとは云えなかった。

もっとも武人の長たるトール、文官筆頭がグイン王にはかった姑息《こそく》な隠蔽工作など与《あずか》りしらぬ。完全に事情の外にいるのだが、長年、軍で苦楽をともにしてきた者の勘でグインの悩みや鬱《ふさ》ぎようを鋭敏に感じとっていた。

「ここだけの話ということにして下さい」と云いおいて、こえをひくめる。

「せんだって、ガウス准……いえ将軍が、酒席で私に話をふってきたんです。名誉あるケイロニア騎士団団長として、心得の最後の条と云えば何でござろうかと」

「ほう、ガウスがそのようなことを」

ガウス将軍といえば、王直属の《竜の歯部隊》の隊長として、パロ内乱の最終局面で消息を絶ったグインの探索における最大の功労者であり、絶望的とおもわれる情況にあっても主君の言葉を信じ堪えぬいた逸話で名高い。トールとおなじく身分はさほど高くないが、諜報活動にあたる部隊の長らしい深慮の持ち主で、よほどのことがないかぎり言動は控え目である。

「あやつ……いえいえガウス殿はこう云われました。軍神グイン陛下肝いりの部隊の編成、訓練、軍略を次代にも伝え今あるよりさらにケイロニア騎士団を強力に育てあげることだとね」

優等生すぎる答えを聞かされても豹頭王の面持ちは水のようにしずかだ。

「それでトール、おぬしはどう――おぬしの答えこそ重要なのだろう？」

「さすがっ、話のキモがわかってらっしゃる、豹の大将におかれては」

トールはにやりとする。

「おたがい火酒がはいってましたからね、ガウスは酔っていても――酔っぱらうとよけい真面目な性分がでるのは、ランゴバルドの出なんでしょうか。私も負けず劣らず生真面目なアトキアの男ですから、こう答えたんですよ」

こほんと、せき払いした上でトール。

「ガウス殿におかれては、グイン陛下の懐刀たる精鋭部隊の長にふさわしき、まことあっぱれな心延《こころば》え、護王将軍トールつくづく感心つかまつり候。しかして拙者の、国王騎士団の長として最後につかまつる心得はこうだ――髪に霜を置くまでつとめあげてのち後進に席を譲り、ねがわくば尊崇する主君のおそばちかくに隠居をたまわり猫《ミャオ》を飼うのだ、すでにその名前もきめてある――と」

「それはまことか？」

グインは目をほそめた。

まるで神秘的な宝石、トパーズのような瞳をみかえしのぞき込み、トールはわらった。

「冗談ですよ。酒席のざれ言です。いえ、退役のあかつきには水が丘あたりの保養所に居をかまえ……はありかと思いますが、そんな遠い未来より今目の前におわす豹の頭の大将にお仕えし全力でその身を護ることっきゃ念頭にありませんよ」

グインはもっと相好をくずした――とはいえ豹頭の表情からは読みにくかったが、ルアーの波動にも似た力づよく温かな感情をトールは感じとり、一時期豹頭王を翳《かげ》らせていた「悪い気」は完全に払われたと確信した。

ルアーの刻、二人の、ともに鍛え抜かれたケイロニア武人は肩をならべ、黒曜石の張られた長い廊下を談笑しつつ歩む。『護王将軍』であるトールは、宮殿の外宮に小城をたまわり、朝な夕な出仕していた。一介の傭兵であったトールがかほど大出世を遂げたのは、過ぎし日、兵営で豹頭の男を後輩に迎えたからなのだ。

グインにはこの後、中食《ちゅうじき》を兼ねた、ハゾス宰相やアトキア侯らと「サイロン市復興にかかわる重要会議」が控えていた。トールには国王騎士団の兵営にでむき、観兵と訓練が。

高い丸天井《ドーム》の下でわかれる時、トールは豹頭の後ろ姿をかえりみてひとりごちた。

（たてつづけに事件が起きちまい、うかつに浮わついたとこは見せられないのかもしれねェけど、ほんとなら幸せの絶頂のはず。もうすぐお子が生まれるってえ時だ。ガウスじゃないが、豹の大将こそ真面目も大真面目、黒曜宮一の――かっちん玉だなあ）

そしてこっそり残念そうにつけ足す、引退後の伴侶にする猫の名前、訊いてくれませんでしたね――と。

＊　＊　＊

豹頭王を囲んでケイロニアの宮廷人が会議にはいった直後、おなじ黒曜宮でも奥まった――特に奥まった、後宮でのこと。

ケイロン様式の太い柱に取り巻かれ、床は黒大理石と純白の大理石が組みあわされた市松もよう、壁には緻密なびろうどが張られ、家具職人の匠《たくみ》をこらしたみごとな調度の数々、象嵌《ぞうがん》された花台の壺にはめずらかな花々が咲きこぼれ、キタイの生糸をパロの工房が織りあげた美しいタペストリが飾られ――国家元首の寵愛《ちょうあい》する者を住まわせるにふさわしい平穏であまやかな空気にみたされてあった。

いま、その空気をひきさいて――きゃあぁぁ！

若い女の悲鳴があがった。

すぐに警護の女小姓が得物を手にかけつける、悲鳴のあがった豹頭王愛妾《あいしょう》ヴァルーサの房《へや》へ。

房とは呼ぶがけっして狭くない。産所《さんじょ》は別に宮殿に設けられており、房のうちには寝室と居間、専用の厨房は愛妾が王を手料理でもてなすためのものだった。庶民なら一家族がゆうゆう暮らせる広さと間取りである。その厨房で侍女がしゃがみこんで震えていた。

「いったい、どうしたと云うのだ？」

男装、胴丸までつけた警護役はきびしい声で訊ねる。

「あ、あれ、そこに……」

震える指が、暗がりを指さす。

女小姓は、長柄の両刃鉾《ほこ》――女性用に豹頭王みずから考案したもの――を構えなおす。

「……あっ！」

赤い鬼火がふたつ、あやしく燃えていた。身体をなかば闇にとけこませ、フーと険悪な唸り声をあげている。目の位置から猫《ミャオ》ほどの大きさとは知れるが飼い猫のはずもない。威嚇《いかく》の唸りは人間へのむきだしの憎悪。猫の妖魅か――疑った刹那《せつな》ひと声鳴いて襲いかかってきた！

　気丈なはずの女小姓もこれには肝をつぶして、

「キャーッ」

　マリのように跳ねとんできて顔面に体当たり、そのとき武器をとる手にビシッ！　ムチで打たれたような激痛がはしった。

　彼女は得物をとり落とし、そのまま腰をぬかした。

　そうして女小姓までもが情けなく床にへたりこんでしまったところへだ。

「何ごとなの？　もう少しねてたかったのに――何をキャアキャアさわいでいるの？」

　うすものの寝衣《しんい》に、これは妊婦であれば当然のことだが、羊毛を織りこんだ暖かいガウンを羽織り、絹の部屋履きをつっかけた姿ではいってきたのが――

「ヴァルーサさま！　お気をつけて。危険な獣がはいり込んでおります」

　恐怖とショックにすすり泣いていた侍女だが、女主人の登場に我をとりもどし必死な声をあげる。

「危険な獣ですって？」

　ヴァルーサは厨房の中をみまわして、云った。

「どこにも居ないみたいだわ。お前たちがあんまり騒ぐものだから驚いて逃げだしたにちがいないよ」

漆黒のつややかな髪をまるい肩にかからせ、星のような——野生の生命力をもった瞳をきらめかせている。肌浅黒き踊り子あがりのヴァルーサ、まじない小路のイェライシャに《黄金の盾》と呼ばれグインの子を生むことを予言された愛妾なのだった。

「……ヴァルーサさまぁ」

子をやどした女主人と年の頃はそう変わらない娘ふたりは情けない声をあげる。

ヴァルーサは侍女たちを可笑しそうな目でながめている。

肝はすわっている——なにしろタリッドはまじない小路において豹頭王その人を餌食としようとした黒魔道師ども、わけても口にするのもおそろしい《大敵》の正体をみやぶり王の盾となって勇敢に戦った、霊能力の持主であるという。くだんの白魔道師は彼女とクムのイリス神殿とのゆかりを王に告げている。

みかけはほっそりした娘だ。悪阻《つわり》もおさまり、すこし腹は目立ってきたが、四肢はほっそりのびやか、卵形のひきしまった顔、それを支える白鳥のような首にかわりはない。大きな黒い瞳とクム系の顔立ちはややきついが、濡れたように光る紅いくちびるは、その前身——まじない小路の踊り子である——にふさわしく艶《なまめ》いてみえる。

「エレナ、すこしだらしなくない？　迷いこんだ獣なんかにやられちまうなんて」

胴丸も鉾も武張《ぶば》った娘のていたらくをヴァルーサは笑った。

「そう云われますけど、そいつがとびかかってきた時は、一巻の終りかとおもいました。

あんな恐ろしい思いは生まれてはじめて……」

　女小姓は手をさすりさすり云う。

「そうなんです、ヴァルーサさま、あんな……大きくて凶暴な」

「あんなって、どんな種類の獣だったのさ？　興味もわくってもんじゃないか」

「それが、変なんです……変というかおそろしいのはそこなんです。その獣、鳴き声もみた感じもトルクそっくり——いいえ、トルクとしか思えなかった」

「トルクだって！」

　浅黒い顔に信じられないという表情をうかべる。——ちっぽけな、タリッドの路地裏をちょろちょろしている獣に、黒曜宮の警護役が腰ぬかすのォ？　このあたいなんて、アラクネーのところでは、はだかに生きた蛇を巻きつけ踊らされてたのに——とは口にこそださないけれど。

　女小姓は弁解するように、「た、ただのトルクじゃないんですからっ。ミャオぐらい大きな、真っ赤に裂けたくちから歯をむきだして……ああ、思い出しただけで冷や汗がでてきた」

「ミャオぐらい大きなトルク？　ミャオの見まちがいではないのね」

「はい、まちがいなく——チュウって声をふたりして聞きましたから。それにこのキズが何よりの証拠、長くてほそくてムチみたいなしっぽでやられたんです」

女小姓エレナはさすっていた手をみせた。手の甲が赤くみみず腫れになっている。

「ふーん」

ヴァルーサはしばらく考え込んでいたが、ひとつ首肯くと瞳をきらめかせて云った。

「ほんとうにそんな大きなトルクがいて、人を襲うとしたら用心しないとね。こんな立派な宮殿に入りこんでくる――たいした悪魔みたいなやつには。もし寝ている間に赤ちゃんが齧られでもしたら、とんでもないことだ。今のうちに退治しないと――このヴァルーサが今夜にでも王さまにお願いする。でっかいトルクをつかまえる特別製の鼠とりを御殿に仕掛けてくださいましって」

＊　＊　＊

ヴァルーサの云う「王さまとの夜」にはとうぶん間があるようだ。

豹頭王グインが召集をかけた御前会議は白熱したものだったが、ルアーが中天にあるうちに重要案件の決裁はなされた。

議案の大柱はふたつ、まずサイロン復興のため各選帝侯領から物資と人的支援を強化すること。もうひとつは、黒死病終熄期にタリッドを見舞った怪異の事件により露呈した武の国ケイロニアのシレノスの貝殻骨についてである。これについては「魔道による攻撃には魔道をもって対抗するのが効果的ではないか？」ということを王が口にした時、ケイロニアの重鎮たちからどよめきがあがった。豹頭王はケイロニアに、パロのように魔道師部隊を配備する考えがあるのか――驚きに見舞われても無理はないが、ふしぎと嫌悪や拒否反応はなかった。

もとより《まじない小路》を擁する国であれば、今まで宮廷にまったく魔道師の影がなかったわけではないが、主に占星術による予見や、貴族・貴婦人相手に恋占いをする輩であり武闘に向くとは云えなかった。

またひとつに、豹頭王帰還の折に、国賓《こくひん》として迎えたヴァレリウス――パロの名高い魔道師宰相がケイロニア高官にあたえた印象も無視できなかった。質実剛健をとうとぶ国民性ゆえ「魔道師を国事に係らせるのはうさん臭い、あやしい」という声もあるにはあるのだが、魔道師にして宰相という類稀《たぐいまれ》なる存在が懸命に――変わり者であることは一目でしれたが――煩雑な政務にたちむかう姿は、ケイロニアの高官に感動をおぼえさせもしたのである。魔道師にも信頼に足る者はいるものだと。風待宮にしばし滞在したこうもり男《アルタード》は意外な波及効果をもたらしていた。

しかしこればかりは人材の問題がある。――どうやって補給するのか？　傭兵をつのるように魔道師をつのるのも如何なものか？　パロの魔道師ギルドこそ人材の宝庫とおもえるが、内乱から立ち直ったとは現状云いがたい。長老カロン導師は重いいたつき中――ケイロニア人に即身昇天の秘法は理解を越えていた――と聞きおよぶ。これもケイロニアらしい考え方といえるが、他国への内政不干渉を一義とするのは、自国内のことはできうる限り自国の物資・人材でまかなおうという信条があるからなのだ。だからこそケイロニアという国はありとあらゆる神を、十二の神殿に加え、暗黒神殿までもふところ広く奉っているのである。

ケイロニアには《まじない小路》があるではないか！

豹頭王が魔道師について触れた時、会議の席にあった——宰相ランゴバルド侯ハゾス、サイロン復興の総責任者に任命された新アトキア侯マローン、ワルスタット侯ディモス、光が丘で静養中のアキレウス大帝の耳として列座するローデス侯ロベルト、王直属の特殊部隊《竜の歯部隊》隊長ガウス将軍、宮廷医師団の若手メルクリウス、護民長官のグロス伯爵のうちに同時にひらめいたことであった。

「諸卿も、当然お考えのうちにあろうとは思う。わが国には《まじない小路》という魔道師の寄りつどう区画——橋頭堡《きょうとうほ》が存在している」

豹頭王は、居並ぶ高位高官の思惑がみてとれるかのように、確然とゆるぎない口調で語った。その場の誰もあからさまな驚きはみせなかったが、おのおの深く首肯く。その反応にも、王は過剰な満悦を呈するでもなかった。おのれの考えや意思が正しく臣下にゆきわたったことを確認したにすぎぬようだ。

「俺は今日にも《まじない小路》に赴《おもむ》き、ケイロニアのために働く魔道師をさがしてみようと思う」しごく単刀直入に云ってのけた。

こんどこそ、居並んだケイロニア高官はざわめいた。黒衣のロベルトでさえ繊細な面におどろきを隠せずにいた。

「そ、そうはおっしゃられましても陛下！」

最年少の選帝侯、アトキア侯マローンが声を高くする。

「失礼ながら、まじない小路は、陛下の……いわゆる鬼門《ドールの方位》にあたるかと存じますが」

二十六になるばかりの青年選帝侯が額に汗をにじませているのは、前年青の月にサイロンを見舞った「七人の魔道師事件」において、《まじない小路》にあらわれた邪悪な魔道師どもの標的にされたのは他でもない豹頭王であったからだ。

「もし万が一、陛下の身にまた何かありましたら、それこそ……」

トパーズ色の瞳をむけられ語尾《しり》をごにょごにょ濁す。

「マローン、俺が《まじない小路》に立ち入るのはそれほど心配か？」

「アトキア侯爵のご心配はごもっともと存じますぞ。陛下のようにたおやかに美々《びび》しき御方のひとり歩き、私が闇の眷族なれば飛んで火にいるなんとやら、今度こそドールの花婿として異界の底へお連れ申しますぞ」

「ハゾス、おぬしまでそう云うか」吼えるように笑う。

「かほど心配される、かよわき俺だがあの横町には古い知己もいる。ドールにたてをつき追われる身となった白魔道師、異界とつうじる結界にひきこもる世捨て人がな。今回の目的はこの二人、あるいはどちらかにこたびの魔道師部隊新設を相談するということもある。それでも単独はまかりならぬと云うならば、マローンとガウスの部隊に同行を命じるが、どうだ？」

「――は、陛下！　光栄です、ぜひお連れ下さい！」

　マローンはパッと顔を輝かせる。ガウスは控えめな態度をくずさずにいるが、豹頭王直属の部隊をまかされる誇りを小柄な全身にみなぎらせているのだ。

　グインは今度こそ満足げに会議の終了を宣言した。

「本件は異論なしとしてよいな。では、中食の後《竜の歯部隊》五十騎とともにタリッド地区に赴くこととする」

　黒曜宮の中食――ルアーの刻の食事は一日二食が基本的な中原では異色な食のスタイルと云えるだろう。パロの上流階級なら朝夕の食事の間にカラム水に添えた菓子をつまみはするが、ケイロニアの武人たちときたら、晩餐かとうたがう皿数の料理を狼《ブルク》のごとき勢いで胃袋に詰めこむのが慣習になりつつある。

　アトキア産の羊足に香草をつめた蒸しもの、ローデスはナタール川のマスの料理、ワルスタットの完熟果実などなど各選帝侯領の誇る食材があふれんばかりにテーブルに並び、中原の他の人種にくらべ体格がよく「パロ男の倍の胃の腑をもつ」と云われるケイロニア男の健啖《けんたん》を満たしていた。

　メインの肉料理「ベルデランドのヘラジカの腿肉にフリルギアの岩塩を振りかけじっくりロースト」を野生のマナーでぺろりと平らげた豹頭王が、若い股肱と将軍をひきつれ広間を出ていってから、これも激務にいそしむ――頭脳労働者である――文官は、ランゴバルドの木イチゴのソースをかけた焼き菓子を味わい、会議の総括と共にこまやかな情報交換をするのも黒曜宮の慣例であった。

「――ならば、アキレウス陛下は、ほぼ本復と考えてよろしいのですね」

　ワルスタット侯ディモスが、隣に座ったロベルト――ローデス侯ロベルトに話しかけている。ルアーに喩えられる美男の選帝侯が、イリスのごとき繊麗なロベルトと並んでいるようすはトートスの描く名画のようだ。

　小食のロベルトは、肉料理を避け魚料理をすこしと、ワルスタット侯手ずから皮を剝いた金色桃《エロル》を二、三切れ口にしただけだ。盲目ながら、聡明さと記憶力のよさ、なにより穏やかな高僧のような人柄をアキレウス大帝に気に入られ、相談役のようなかたちで年番があけてもローデスには戻らず光が丘の保養所で付き添っている。

　一時は生命をあやぶまれた帝だが、宮廷医師団の治療の甲斐あって年の瀬にはもちなおし、そこから薄紙を剝がすように――オクタヴィア皇女の手料理をよろこび、愛孫マリニア姫を膝にだっこできるまでに回復していた。

「大帝陛下におかれては、先にたのしみがあると云うことがいかに大事か——生きる力をくれるものか、老境にはいったいま身にしみて感じると、おっしゃられています」

漆黒の、星のない夜のような眸《ひとみ》をみひらいて、ロベルトは云う。

「なんの老境なものか、大帝陛下は先代のアトキア侯よりも以上お若い、わが舅どのよりもお若いのだ。まだまだお元気でいてもらわねば困る」

「ディモス、ロベルト殿は先のたのしみを強調しておられるようだぞ」

ハゾスに横から割りこまれ、「ふむ？……おお、そうか！」ディモスは顔をぱあっと明るませる。「こたびの目出度きことならそれがしも、それがしこそ大いに楽しみだ！」

その場の全員が表情をゆるめた。黒曜宮において「お目出度い話題」と云えばグイン王の二世誕生を措いて他になかった。

グインに初めての子を与えることになる愛妾は、猫の年の「七人の魔道師事件」で王と出会い、黒曜宮の後宮に迎えられた。

惑星直列の宵、サイロンに黒魔道師どもが集《つど》ったのは、七星の《会》にもたらされる未曾有のエネルギー・その信管となる《豹の心臓》を得ようとしてのことだ。狙う獲物を吸収し、おのが一部おのが生命力とすることがおぞましい本能である奴等は、豹頭王グインを手にいれれば全中原ひいてはこの世界というものを手にいれられる！　黒き邪な心から大いなる獲物《ビッグ・トロフィー》を独り占めせんと奇怪な抗争を繰り広げた。敵手を屠《ほふ》り、最終局面で正体をあらわしたのがキタイの竜王ヤンダル・ゾッグである。その強敵を王がからくも退けられたのは、神意のごときひらめきと《まじない小路》の踊り子ヴァルーサがあったからこそだ。

もっともそれ以前、豹頭王の宿命――宿命の女性と云えば、アキレウス帝と、自害し果てた前皇后の一人娘たる皇女であった。

このシルヴィア、とんでもないはねかえりの我儘《わがまま》娘、なおかつ平凡な幸せを夢みる可憐な一面もあり、皇帝の座をめぐる卑劣な企みの被害者になるまでは、美男の侯爵に横恋慕したり、花婿決定のダンスに小娘らしい策略を弄《ろう》したりと実直でおかたい宮廷の気をもませ悩みのタネでもあった。しかしそれさえ「あばたもえくぼ」豹頭の武人には可愛く思えたらしい。淫魔にたぶらかされキタイにまで拉致された彼女を苦難のすえ救出し、未婚の姫君にあっては致命的な瑕《きず》をおったと知ってこそ妻にむかえた。こうしてふたりがサリアの誓いを交わした裏には、父帝の強い望みもあるが、グイン自身の好みも深くからんでいたわけだが。少女のように繊細で壊れやすい……否とうに壊れてしまったいたいけな幼児のおもちゃのような娘を、つねに正しく数多《あまた》の偉業を築いてきた男はたなごころ広く受けとめ、破鍋《われなべ》のごとき負《マイナス》を埋めようとして、仕損じた――が宮廷すずめのもっぱら囀《さえず》るところである。しかし絶世の美女とは云えず、宮廷の評判も必ずしもよくなかったシルヴィアが英傑の王に騎士の礼を捧げられていたことに偽りはなく、不例《ふれい》という名目で黒曜宮から姿を消した後も、貴婦人の秋波《ながしめ》や侍女の媚態に王が目を惹かれる――ような場面を宮廷すずめが見とがめたことはなかった。

しかし豹頭王がヴァルーサを黒曜宮に伴い、ほどなくしてそういうことになったのは事実だ。後宮に一室をたまわった娘に明らかなきざしがあったのだ。

そこはやはり「ふたりは何時そのような？」知りたがるのが人情だろう。産科医の「御児は鼠の年青の月のお生まれとなりましょう」診たてから――七人の魔道師事件の頃、つまりは《会》のエネルギーの余燼《よじん》さめやらぬサイロンの夜にむすばれた可能性がかなり高い。

「それはまたほほ笑ましいような、獅子心皇帝ともあろう御方がすっかり好々爺ぶりが板についてしまわれたようですな。いやでも同じ立場となったらそれがしも云ってしまうかな」

ワルスタット侯ディモスは端正で男らしい顔に子煩悩の一面をにじませる。

「はじめの子はイリス、次にルアーがそだてやすいと申しますが、アキレウス陛下におかれては、マリニア姫のつぎに皇帝家がむかえるのは王子と心ぎめになっておられるようですな、いやはや……」

「ハゾス殿のおっしゃる通りかもしれません。いっときは、かなりひんぱんに……あのグイン陛下がお困りになるほど、側女《そばめ》をお勧めでいらっしゃいましたが、ヴァルーサ殿懐妊の報せを受け取られるや、まっ先に王子をのぞむと仰るほどで……」

「よいことですよ。まだ形をなさぬ未来をあれこれ思って、希望を託されることすなわち、もっと生きよう、もっと元気になってその日をむかえようとの欲がでてまいられた何よりのあかし。お目出度こそ、ご老人には何よりの良薬と存じます」

ケイロニアの重鎮たちは、カリンカ酒を天然の炭酸水でわったもので喉をうるおし歓談をつづける。ケイロニアなら十歳の子でもおかわりしてのむぐらい弱い発泡酒だが、ロベルトだけはカラム水を用意させている。

「しかし、あの朴念《ぼくねん》……いや堅物のグイン陛下に、側女をつくれとは、いかに豪放磊落《ごうほうらいらく》をもってなすケイロニア男でもおいそれと口にのぼせぬ、大帝陛下にしか云われまいせりふだなあ」

おおげさに詠嘆してみせるディモスは、十二選帝侯の長老格であるアンテーヌ侯アウルス・フェロンの長女アクテをめとり五人の子をなしている。彼自身は側女など縁もなさそうだ。

ディモスのせりふを受けたロベルトだが、瞽者《こしゃ》のうらみかハゾスにむかって云う。

「アキレウスさまが王子誕生をのぞまれるのは、ひとえに、国家をまとめるという重責を女人のたおやかな肩に担わせたくはないとのご深慮——お祖父様らしいお優しさからと推察いたします」

黒びろうどのような眸をみひらき向けられ、ランゴバルド選帝侯にして大ケイロニアの宰相は一瞬身じろぎをしたが、ディモスのほうは呑気としかいえない。

「ロベルト殿、それでは大帝陛下は政治向きはグイン陛下にまかせ、表舞台から完全に退いておしまいになり、マリニア姫のじいじ様に専念されるおつもりなのですね。それがしはさびしい気もします」

ディモスは、ハゾスとロベルトの間にただよう微妙な空気を読めていないようだ。かつてシルヴィア皇女に思いこまれ追い回され密会によびだされれば足先に接吻させられ、あげく男の沽券《こけん》を足蹴にされるという理不尽にあってさえ、皇帝家への忠誠に影さすことはなかった。純朴さと真面目がとりえの人物だ。年番があければパロ駐留大使に就くことが決まっている。

「ローデス侯——」

ハゾスは、闇の眸にさらされる居心地わるさから云っていた。

「ロベルト殿ご自身は、どうお考えなのです？　万世一系の皇帝家に接ぎ木される豹頭の英傑の血筋、アキレウス陛下の直系ではないお世嗣《よつ》ぎについて、いかなるご意見をおもちなのですか？」

「皇帝家継承の儀はすべてアキレウスさまにゆだねるべきと、わたくしは考えております。陛下のご意思ご承認がないかぎり、何を申しても仮定と推量の域をでぬと存じますゆえ、この場での発言はひかえさせて頂きたい」

「……すくなくともロベルト、あなたは皇帝派だ。外様《とざま》の血をいれること、グイン王の妾腹《しょうふく》の子に何ひとつ蟠《わだかま》りはないと私は信じていますよ」

生まれもしらぬ風来坊の傭兵を皇帝家の婿にむかえ、あまつさえ王に据え、その愛妾が身ごもるやたちまち王子誕生を心待ちにする大帝──それを「鬼の霍乱《かくらん》」と呼び、皇帝家断絶につながるやもしれぬ懸念を口にする一派もある。ちなみに選帝侯中、反グインの先鋒に立っているのはかつてシルヴィア皇女の花婿候補の一人であったダナエ侯ライオスだ。

「すべてはヤーンの御心のままに──」

黒一色の胴衣の前でつつましく印をむすぶ。まつりごとの話はここまでにしてほしいとの意思表示である。

（ロベルト・ローディン……）

ハゾスはだまりこみ、愛妻ネリア夫人お手製のカリンカを漬け込んだ酒を生のままあおった。ロベルトと向き合ううち心奥からひきだされた《像》をふり払うためもあった。炎の蛇がのどを這い降りるにつれ、脳裡もかっと熱をおびるが、そこに結んだ異相の嬰《えい》児《じ》の像は消えてくれはしなかった。

一国の宰相として最善と信じ実行したことが――へその尾を切ったばかりの嬰児を闇の川にながしたに等しい、命をとらなかっただけで、かれに乳をふくませ抱きしめる女を不当に永遠にとりあげたのだ――人として誹《そし》られる行為ではなかったか？　良心のとがめに今も苦しんでいる。子をもつ親なればよけいだ。しかし施政者である彼は情にながされてはならじと歯をくいしばる。心ふたつに引き裂かれるハゾス・アンタイオスもまたケイロニアの男なのだった。

＊　＊　＊

おなじ黒曜宮のうちにあるとも思えぬ場所であった。

ルアーが中天で欠けも翳《かげ》りもなく輝いている刻に、その恩恵とは無縁の暗くじめついた世界。岩肌とぶ厚い石壁に取りまかれ、踏み固めただけの土の床、空気には顔をしかめたくなる異臭がこもっている。

ドールの七地獄のごとく、宮殿の最下層にひろがる空間。そこの施設は歴代皇帝、英明をもって知られる何人もの施政者に必要とされ、陰惨な役目を果たしてきた。

石の階段が地下で横道につながり、壁龕《へきがん》のたいまつが、鉄格子のはまったいくつもの扉を照らしだしている。牢獄である。

ぞっとしないのは二人して監視についている、その部分だけ扉も檻も見当たらないことだ。扉はないが覗き窓はあって、食事の差し入れ口になっている。囚人と外界をつなぐ唯一のちいさな口だけ残して牢の扉はぬり込められていた。施政者はその罪人を未来永劫解放するつもりはないのだ。

その時——

「ひぃっ！」

覗き窓から飛びだしてきたものに番兵は肝をつぶし尻もちをついた。

「何やってるんだ！」

「……トルクだ。いきなり飛びだしてこられたら、誰だって驚くさ」

「ったく、トルクぐらいで」どこにだっているだろ？　ケイロニア軍人として恥ずかしいぞ！　おもいきり冷たい視線をそそいでから、待てよ、と首をひねる。

「今日さげた食事に異状はなかったよな？」

「なかった。皿はきれいだった。……舐めたみたいに」

覗き窓の下のくぼみに置いておく飲み水と食事は囚人の健康の目やすとなる。一日一回取り換えるそれを残すようになれば衰弱のあかし、手つかずの日がつづけばもはや長くはないだろう。それ以前に自ら命を断つ者も多いと聞いている。

（とっくに舌噛《か》んでるんじゃねえか？　食い物は今までネズ公がちょろまかしてたと

か)

たいまつをかざし覗いてみる。中は広かった。堅い岩の層を掘りひろげた地下牢に灯火の備えも寝床さえもなく、奥に排泄用の溝があるだけ。さわめて非人間的な環境だ。それだけはあてがわれるぼろ毛布を裂いてひもにし、岩の角にひっかけ首をくくった囚人もいたという話だ。

四人に怪しむべき点はなかった。岩壁の前に、毛布をひっかぶった、たくましい壮年の男の背中がみえる。入牢時には拷問でいためつけられずいぶん弱っていたが、頑強な質《たち》らしく鞭キズから悪い風もはいらなかったようだ。

しずかに座す罪人の周りにも、ちいさなありふれた獣の姿は見いだせた。それらは看守の視線に気づいたように、赤く光る目で見かえしチュウと鳴いた。

3

風が丘からサイロン市内へ——

豹頭王と《竜の歯部隊》と丘の道をゆく、若きアトキア侯マローンは頬を紅潮させていた。豹頭王その人とくつわを並べているのだ。威風堂々たる豹頭異形の王。青年選帝侯マローンもまた生ける神話のごとき人物に深い心酔の念をよせていた。

アトキアの歴史ある美しい城市に育った、大柄で健やかなこの若者は、父ギランの長期にわたる現役時代、出仕の日にそなえ倦《う》まず弛《たゆ》まず文武にいそしんできた。顔だちはやさしげだが、眉は濃くりりしく、目に並々ならぬ熱情をひめている。

マローンが異形の戦士をじかに目にしたのは子爵の頃だった。亡き黒竜将軍に伴われ「新参の百竜長」として黒曜宮にあらわれた生けるシレノスに少年は目をみはった。その後父侯からその猛出世を伝えきくほどに好奇心はいやまさった。いつか会って話がしてみたい、剣の指南役になってもらえるだろうか？　そのグインがケイロニアの王となり、マローンも老齢の父からアトキア侯爵の跡目を継ぎ、黒曜宮の謁見式《えっけんしき》で再会した時の感激は言葉につくせぬほどだった。異形でありながら物腰口調にそなわった王者の風格にマローンは圧倒され、すかさずその場で剣の誓いをたてていた。それまでのいくぶん浅薄《せんぱく》だった興味と好奇心はそっくり崇敬の念となった。

グイン王は、十二選帝侯中最年少のマローンを、その年始めの所信表明で王みずから掲げた改革の柱のひとつ——「サイロン市中への離宮の建設」の最高責任者に任命したのだ。その離宮というのがまた、黒曜宮と同じだけの政策機能を有し施政者が滞在し采配をふるう本陣となる予定だったから（おれのような、選帝侯としてなにを為すべきかも、黒曜宮の右も左もわからぬ新参……若輩者に陛下はなんという大役を！）大抜擢の誇らしさに、青年侯はたちくらみをおぼえたほどだ。

なれどしかし任命式直後にサイロンは疫病禍に見舞われた。凄惨な被害状況は日毎に更新された。市民、護民官、市中に駐留する騎士は、積み重なる屍《しかばね》に歔欷《きょき》する暇も許されず、新たに運びこまれる犠牲者の処理にあたらねばならなかった。それは未曾有の災厄であり、大国の直面した真の危機的状況であった。サイロン市——ひいてはケイロニアの被った人的、経済的損失ははかりしれない。

「離宮建設にあてるはずの国庫金はすべて復興費用にまわされるだろう。それでも足りぬほど被害は甚大とおもわれる」内々の告知は豹頭王その人よりなされた。

その夜マローンは豹頭王の私室をたずね直訴した。

「陛下もし——こ、この若輩の身に、陛下が担うおつもりの責務の十分の一でも任せていただけるなら——離宮建設よりはるかに困難だとわきまえておりますが、誰かがやらねばならぬのならこの私にやらせて下さい。アトキアのマローン・マルティヌスを復興の現場監督にご指名下さい。どうかお願いいたします！」

　これがマローンがサイロン復興の最高責任者となった経緯である。同時に護民関係の責任者にも任命され、黒死病のまん延する市中に赴き、緊急時医療を専門とするカシス医師団をひきいて決死の救命活動を展開した。その勇敢さは民衆の知るところとなり、熱血の好漢ぶりに人気もたかまり、はやくも次期宰相の呼び声があがるほどだった。直情のきらい経験の浅さゆえ時には失敗もあるが、そこは王や他の選帝侯、それにカシス医師団団長メルクリウス——若手宮廷医師を登用したのは他でもないグインだ——におぎない助けられ、老齢の父をもつがゆえ先輩諸卿との関係も円滑にいっている。

　マローンが黒曜宮において「手本」とするのはやはり豹頭王である。なろうことなら四六時中貼りついてでもその言動から学びとりたい！　豹頭王の豹頭王たる帝王学を。勉強家の彼はひそかに野望さえいだいていた。

　先年王が単独で強力な黒魔道師と対決した時など、ほぞを嚙みちぎった。

（……完全においてきぼりだ。この若輩者に陛下の行動はまだまだ読めぬ。今回は何がなんでも同行させてもらうぞ）

そのようなわけだが——

馬上にある豹の横顔からその感情がうかがい知れぬように、腹心でもかれの心裡にたゆたうものを推し量るのはむずかしかろう。なにしろ辺境ルードの森に倒れていたそれ以前の記憶がない。おのれの素性、なぜ異形の姿であるのか、かつて剣を捧げた者がいたのか、ランドックとはいずこにある国なのだ？　かつてグインはその王であったのか

——いまもすべてが謎につつまれている。

マローンのように健常にそだった者にそのことがいかに大きな欠落か、思いはかるすべはない。豹頭の超戦士の内面をおもんぱかるより、そのなしえた数多くの武勲、心にのこる剣闘エピソード、軍神ルアーのごとき戦采配や機略のほうにどうしても目が向いてしまう。それが常人というものなのだ。

魔道師部隊新設の件を王は側近に漏らしたことはあるが、今回のように名指しで頼みあてにするのは異例だった。それが豹頭のうちにあらたに芽ぶいた悩みゆえとは、就任このかた「この若輩者！」おのれを叱咤激励するのがくせであるマローンには思いもつかぬことだった。

そうこうするうち隊列は市門に至り、石畳の路に蹄《ひづめ》の音をひびかせる。バイロス通りにはいるやいなや、護民兵だまりで発見され——機動力にひいでた直属部隊は先触れをださないのが通例である——報告をうけた護民官のアサスが飛んできた。

「グイン陛下、マローン閣下！　突然のご来訪びっくりいたしましたが、光栄であります」

マローンと同年できっすいのサイロンっ子、亜麻色の髪、すらりとした鞭のような体つき、粋で容子《ようす》のいい若者だ。マローンとは黒死病の遺体搬送などつらくきびしい活動を通じて知り合った。アサスはマローンの人柄に触れ、身分を超えた交情と強い尊敬心をつちかっていた。

（しかし、閣下と呼ばれるのはどうも慣れぬ）

今回の用向きを聞きだすとアサスも同行をせがみ、護民兵十人余りも加わっていよいよ、まじない小路に到着である。

《まじない小路》——

中原に知れわたった魔道ヶ辻、現世と異界の端境《はざかい》とさえいえる特異点であるが、中天にあるルアーの光に晒《さら》され、サイロンの他の横町とべつだんどこも違わない、石造りの家々、四角ばった屋根のつらなる下町らしい佇《たたず》まいをみせている。ただし、極端に路地が狭いのと、これは《まじない小路》の不文律といえるが、武装した兵士が隊列を組んではいってゆこうものなら、「狭いながらも一国一城の主」魔道で一家をなしている者の怒りは避けられまい。もしかいれらの虫の居所がわるかった場合、一歩足を踏み入れたとたんドールの胃袋へまっさかさま、強酸の海に飛び込むハメになるやもしれぬ。

グインはあらかじめどういった行動をとるか、配下の部隊は当然のことだがマローンとアサスにも云ってはくれたが、小路の手前で馬を降りると、マローン一人を従え、すたすたと怖れ気もなく歩きだした。

空気は北国のそれらしくつめたいが、冬晴れのルアーに翳りはなかった。占いの店らしい木の扉に彫りつけられたルーン文字、昨夜のうちに描かれたものか消えかけた路地の五芒形、それらが一見して平和な――まっ昼間まったく人通りがなくて平和もないようだが――下町通りには不似合いで異質なしるしであった。

（陛下はイェライシャ導師や、世捨て人きどりの予言者の家をご存じなのだな）

そう思い込んでいたマローンは、大船に乗った気持ちでたくましい豹紋の後ろ首のあとに付いていった。

王は広い歩幅で歩いていく。

（え？）

マローンのおどろきも無理からぬ。グインはまじない小路をタルム広場までつっきってしまったのだ。

「あのお……陛下。世捨て人とやらは、この広場に住んでおるのですか？」

マローンの視線は広場の隅にあるあずまやに引きこまれた。昼間からあいびきもないだろうに、ほっそりした黒髪の若者と、年かさの、遊び女だろうか――はではでしい格好をした金髪が、二人ながらにぎょっとした顔で柱の陰からこちらを窺っている。

「妙だな」グインはつぶやいた。

「は、何がです？」

「俺の首のうしろの毛が一本たりとも逆立たなかった」

「――は？」ますますわけが解らない、ケイロニア人は魔道にうといものだが、マローンもまた目にうつり手に触れ剣で切れるもののほうがありがたかった。

「おそれいりますが、この若輩者にもわかる……ご説明がほしいです、陛下」

グインは、たった今十タルザンもかけず通りぬけた横町に向きなおると、云った。

「イェライシャはいない。ルカもだ――そればかりではない、今や、まじない通りに魔道をあやつる者は誰ひとりとしていないのではないか？　白魔道師、黒魔道師はむろんジプシー《ヨウィス》占いのひとりとて――逃げだしたか、まさか根絶やしにされたとはかんがえたくないが、魔道のけはいが完全に絶えている」

「そんな……」

魔道師のいないまじない小路など、まじない小路でないではないか？　それにだいいちどうして魔道師でもない王にそのことが解るのだ？　わけの解らぬなりにマローンが詳しい説明をほしがってトパーズ色の目をのぞき込もうとしたその時だ。

路地裏から飛びだしてきたものにぎょっとさせられる。

（……なんだ、トルクか）

脅かされた腹いせに彼は足もとの小石をちいさな獣に向け蹴とばした。

「チュー！」

するどく鳴くと身をひるがえし家と家の狭いすき間に逃げこむ、ほそく長い尻尾をひいて。

（いま、おれを睨みつけていった）

「マローンおぬし、これを怪異と考えるか？」

さいぜんの話のつづきなのに、赤い鬼火のような目に心を占められたせいで、

「陛下、そうです。トルクが人間を憎むなんて実にあやしい」

「トルクだと？」

「……あ、申し訳ありません。まじない小路の魔道師どもがどこへ行ってしまったか——

——でした」

　青年侯は背中に汗をかく。

「前年の事件《こと》がある。イェライシャほどの男がむざとやられるとも思えぬが——困ったことになったと思っている。せめてルカには会ってひと言なり助言を……」

　豹頭王から困惑を見せられたのははじめてだ。しかし困っているのはほんとうらしい。

威風堂々たる英傑はこと自分自身に関しては宮廷一率直な男であったから。それほど王

は予言者を必要としているのかとマローンは思ったので、

「ルカ殿はすぐれた予言者だと聞きおよびます。予言者といえば――パロの、聖王家のリンダ女王は、中原一すぐれた予言の力をおもちでらっしゃるとか」

竜の年青の月パロがモンゴールの奇襲をうけた時、目の前で国王夫妻を斬殺されたという聖双子のことがマローンは気がかりでたまらなかった。ぶじ再びクリスタルの都が取りもどされ、弟君が王位に就き、当時まだ魔道王国パロと冷たい関係だったケイロニアにも記念の肖像が流布された。双子のかたわれ王姉リンダの美しく臈《ろう》たけた絵姿に、少年の彼はうっとり見惚《みほ》れたものである。

(どうしても予言者の力が必要というなら、いっそ聖女王におすがりするのはいかがなものだろう?)

なにしろパロ内乱の折、混乱におちいったクリスタルを解放し、リンダ女王を救いだした「パロ救国の英雄」ではないのかグイン陛下こそ――。

「……リンダ、リンダ女王か?」

グインは云った、多少おぼつかなげに。

マローンはかすかな疑問を目にうかべた。

内乱終結時ケイロニアはパロに巨額の経済援助にくわえ和平条約をむすんだ。リンダ女王とクリスタルを救っただけでなく、グイン王とケイロニアはパロの復興にも多大な援助をしているのだ。パロからも些少《さしょう》の見返りを期待してもいいのではないか？

今回の魔道によるものと疑われるサイロンの疫病と怪異事件にたいしパロからの「見舞い」が何一つないことに、選帝侯の間では「パロは恩知らず」ときびしい声もあがっている。

（見舞い云々をケイロニアの武人が口にするのはどうかと思うが、グイン陛下におかれては立ち直ってもいないパロ、聖女王に負担をかけるわけにはいかぬとお考えなのだろう）

マローンにも、女士に治められるかよわきパロを、雄々しき獅子の国ケイロニアがあてにしてはならじという思いはある。

だが豹頭にひめられた悩みと惑いを、千里眼を持たぬ人の子が知ることはできない。その気にさえなればリンダ本人から予言をうけられる限られた人物であるグインが、部隊新設にかこつけ、鬼門であるまじない小路まで世捨て人ルカをたずねた真の理由――どんな予言を欲していたか？　未来にどんな不安をかんじているのか、いまだ妻帯もせぬマローン・マルティヌスには想像もつかなかったのだ。

「ひとつ方策を思いついた」グインは云った。

「しばらく刻を待ち、ルアーが姿をかくす――逢魔が刻にもういちど小路を横切ってみるのだ。俺は黒魔道師垂涎のえさであるらしいから雑魚の一匹ぐらい食いついてくるやもしれぬ」

豹頭王ともあろう人物から、こんな自暴自棄を云われては堪らない。

「冗談じゃありません！　陛下。そんな——なりませぬ。逢魔が刻など……絶対。そ、そうだ！　日を改めたらいかがでしょう？　常人に厄日《やくび》があるように本日は魔道師の忌み嫌う日かもしれませんよ。ここはいったん宮殿にもどって仕切り直しといきませんか？」

冗談を云う余裕など若き選帝侯にあるはずもない、マローンは真剣そのもの。

「マローン——おぬし、俺に苛立っておるのか？」

「と、とんでもありません」

御身を案ずるがゆえとは本人を前にして云えるものではなかった。

この背中を汗びっしょりにした必死の説得は功を奏し、グインは帰投に同意した。

今度はマローンが先に立ち、横町の半ばまで来たところでだった。

それまで、死に絶えたように静まりかえっていたまじない小路に、あやしいざわめきがひた寄せてきた。ざわざわと波のように——だが潮騒のはずもない、それはおびただしい数の獣の声だった。

チュウ、チュウ、チュー。チュウ、チュウ、チュウ、チュ、チュー！

さっきとはちがう、いや同じトルクの鳴き声ではあったが、聞こえてきたのは数百—

―そんなものではなかった。ものすごい数の鳴き声が、狭い横町の四方八方から二人を押しつつみ――たとえるなら、大瀑布の滝つぼに立たされているような気分にマローンはおちいった。

チュウ、チュウ、チュウ、チュ、チュッ、チュウ、チュウ！　チュー。チュウ、チュウ、チュウ、チュチュー！　チュウ、チュッチュー。チュウ、チュウ、チュウ――

トルクの鳴き声は今や巨大な波濤となって、まじない小路ぜんたいを揺るがした。

「な、なんだ？」

「マローン！」

豹頭王の叫びと、黒い、きたならしい滝水がなだれ落ちてきたのは同時だった。

下町ふうのひくい四角い屋根から、おびただしいトルクが降り注いできた。

しかも――

その鬼火じみた目には、人間への悪意――憎悪が灯されていたのだ。

ぶきみな赤い目、おぞましく鳴き騒ぎながら、屋根からこぼれ落ちてくるトルク、トルク、トルク。空中で仲間のからだを蹴ってはずみをつけ、宙を飛んで、豹頭王と若き選帝侯に襲いかかってきた！

「わー！」

頭から降ってこられマローンは大声をあげた。アトキアの森で獣に剣をふるった経験はあるが、大量のトルク相手の戦いなど悪夢にもみたことはない。

「気をつけろ！」

グインはどなって、帷子《かたびら》を着けていないマローンの首すじにかじりつこうとした一匹を、掌ではらいのける。

「陛下、うわー」

マローンは喚《わめ》きながら、頭や肩に乗った毛皮の塊を振りはらおうとする。

豹頭王を護らねばならぬ！　しかし顔の前に垂れ下がってきたヤツに視界をふさがれる。するどい門歯か爪のしわざか、刀子《とうす》で削られるような痛みが頬や顎にはしり、血がしぶく。攻撃は上からだけではない。ちいさな悪魔は足元からも這いあがってくるのだ。猛烈な嫌悪感に見舞われる。

無論、横町の入り口に待機していた《竜の歯部隊》、アサス配下の護民兵が手をこまねいていたわけはない。全身ねずみまみれの二人を助けんと馬を乗りいれようとしたが、ゴーラ兵さえ怖れなかった軍馬が、暗灰色の毛皮で埋めつくされた路面におそれをなしたか、わずか一タルスも動こうとしない。

「徒歩《かち》だ、かちでゆけ！」

ガウスが叫び、みずから剣を抜き小路に走り入った。

だが——

狭い小路にしきつめられた絨毯は、ケイロニア最精鋭——中原最強の騎士をまともに歩行させもしなかったのだ。

「ぐあ」

鎧に身をかためた精鋭騎士が、生ける絨毯に足をからめとられ立ち往生する。払いのけても払いのけても、トルクはするどい歯で攻撃してくる。足もとから這いあがり、マントのうちに入りこみ、襟元から侵入をとげる敵は、そのらいささゆえ厄介きわまりなかった。

グインは——

グインもまた苦戦を余儀なくされていた。たくましい全身をびっしりトルクに覆いつくされ、剣をにぎる腕に伝いのぼってこられては稀有《けう》の戦士も打つ手なしか——

「ウオォォッ——！」

すさまじい咆哮が豹頭王の喉からほとばしった。

びりびりと、あたりを震わせる大音声に、全身にとりついたトルクが一瞬感電したように動きをとめる。まるで泥水からあがった野獣のようにグインはぶるっと全身を震わせる。気絶した大量のトルクがぼとぼと地に落ちる。

「大丈夫か、マローン？」

咆哮のあおりをくらって動きの鈍ったのをグインは払いのけてやる。

「陛下ぁ……」情ない声をあげる。

「火と油があれば焼きはらうところだが、まじない小路でも火の神《ミゲル》が現世の法則にしたがうものか確信はもてぬ」

「は、はあ……はい」

トルクに齧られまくって青年侯爵はズタボロのあり様だ。

グインは再び襲いかかってきたトルクを、こんどは大剣で叩きつぶしはじめた。

マローンもこれにならうが、小動物のつぶれる感触や顔に飛び散る血や肉片に胃から酸っぱいものがあがってくる。

だがやっつけてもやっつけても焼け石に水——いまやまじない小路の路地はびっしりと灰色の毛皮で埋めつくされていた。ねずみ嫌いが目にしたら卒倒しそうな光景だ。

「ガウス！」

グインに呼ばれても、豹頭王のふところ刀が、ねずみごときに邪魔され御大将に近寄るもならぬ。《竜の歯部隊》将軍の焦燥はいかばかりであったろう。

「グイン陛下ッ！」

面頬を下ろした兜までトルクに覆われ、苦鳴にちかい声をもらす。

何十匹ものトルクを叩きつぶしながら、グインの巨軀はじりりっじりりっと横町の出口にちかづいていた。

と、その時である。

「チュウゥッ」

あきらかに他とはちがう、ねずみの鳴き声に胴間声《どうまごえ》があるとすればそのような——太い鳴き声の主はミャオほどの大きさがあった。巨大なトルクは豹頭王を煮えたった血色の目にとらえると、飛びかかってきた！

「ぐおおっ」

グインがおめく。剣をにぎる腕にかじりつかれたのだ。はげしく振りまわすが、大トルクの門歯は鎧の帷子をもつらぬいて食い込んでいた。グインは左手でその頭をつかみ、剛力にものを云わせ頭がい骨ごとつかみつぶしやっとひき剝がした。

しかし、たった一匹のトルク——尋常な大きさでなかったにしろ——に、豹頭王がたくましい胸をあえがせる事態などあってはならぬことだった。

ことここに至り、マローンの胸の中に氷塊が生まれていた。

ピイィィ——ッ。

ふいに響いたそれは、獣の声ではなかった。かん高い——笛の音のようだった。

驚嘆すべきは、その音がトルク達にもたらした変化である。

今の今まで、まじない小路に踏み入る者すべてに敵意を向けてきたトルクの群に、まったく別の、攻撃以外の指向性をあたえた——としか思われない。

まるで伝説の《笛吹きアガリオン》に操られるように、トルクの群は、豹頭王、青年侯爵、《竜の歯部隊》、サイロンの護民兵からも一斉に離れ、すみやかに撤退を開始したのだ。

暗灰色の、遠目にはどぶ川のように見えるながれが、現われた以上の唐突さで、まじない小路の建てこんだ軒下や四隅の暗がりへと吸いこまれてゆく――あれだけの大群がおどろくべき短時間で魔道をつかったように消えうせた。

《敵》の奇怪な消失のしかたを、襲撃をうけた者たちがあやしみながらも安堵している中で、豹頭王だけが常人の倍かそれ以上のするどく優れた聴覚でもって、笛の音が響いてきた方角にトパーズ色の目を向けていた。

奥まった屋根のひとつに立つ、トルクと似た色あいのマントとフードの男。灰色の衣の下にたくましい戦士の体つきはしれた。

王のするどい凝視に気づいてか、男の影はふっとかきけすように消えた。

「あやつ、魔道師か？」

グインのつぶやきをマローンは聞きとがめ、

「……何のことです」

「魔道のにおいのせぬ――魔道師とはいったい何者なのだ？」

この時の謎めいた言葉の意味も、豹頭の頭脳がどれだけのスピードで回転していたのかも、死地を脱したばかりの若輩者に推しはかることは出来なかった。

＊　＊　＊

同日——

黒曜宮においても、ふたつ事件が起きていた。

ひとつは無期懲役囚を収監する地下牢でのことだった。

事件発覚のきっかけは、ぬり込められた牢の前に立つ看守が、牢の内外をちょろちょろするトルクにしかけた、ちょっとしたうさ晴らしだった。

牢の唯一の窓から、毛布をかぶって座っている男のすぐ横の一匹に小石をなげつけた——つもりが、目算がくるって囚人の体にぶつけてしまった。

（うへえ、しまった）

首をすくめたのは、さいぜんトルクに尻餅をつかされた若い兵士である。

ぼろ毛布がぱっとひらめき、彼の目には囚人が怒って立ち上がった——ようにみえたが、真実はちがった。とんでもないことが発覚した。

そこに囚人の体はなかった。毛布の中から何十匹ものトルクが——それまで団子を積み上げたようにして人間が座っているようにみせかけていたのが、クモの子を散らすように飛びはなれたのだ。

「な、なんだって！」

　看守は目をこする。しかし今のは幻覚でない。

　今のいままで収監していた囚人は、トルクがあたかもそこに人間が存在しているかのように見せていた擬態だった！

　彼はすぐに相棒にありのままを告げた。聞かされた番兵ははじめ信じなかったが、たいまつの灯をかざしても牢内のどこにも囚人の姿がないのは事実だ。このことはすぐに責任者に報告がゆき、縦割り社会ケイロニアであるからには、最下層からの報告でも即日宰相ランゴバルド侯ハゾスの知るところとなった。

　王の股肱である四十路の大貴族は、お付きとともに、大慌てにあわてて地下に降りてきて、その目で異変を確認するや否や――

「マックス！　至急、破城用の槌《つち》をここに運びこませろ」

　そんな用途の重機があったことこそ驚きだが、ハゾスの秘書官と親兵とで抱えてきた大槌が、扉をレンガと膠泥《モルタル》で塗りかためたのに打ちこまれることとなった。

　無期懲役囚の牢が施政者の手によってやぶられるなど、前代未聞の事態である。

　若い番兵は、渋い男前でしられる侯爵の顔が青ざめひきつっているのに気づいた。

（扉のない牢から囚人が消え去るなんて……魔道でもつかわないかぎりありえないよな。そんだから宰相閣下こんなあせってるんだ……）

すさまじい音をたて、石塵《せきじん》が飛びちりレンガが剝がれ崩れおち、ついに扉ごと打ち壊される。石塵を吸いこまぬよう絹の手巾《しゅきん》を口にあてながらも先頭に立ったハゾス、地下牢の奥へと手燭《しゅしょく》の灯をかざし――

「おお！」

彼のうめきも無理からぬ。

絶対に脱出不可能な、最も堅い地層の空洞を利用した地下牢の、汚物溜めよりすこし離れた場所に人ひとりくぐり抜けるに足る大穴がうがたれていたのだ。

その鮮やかな魔道めいた脱出手口より、宰相をぼう然とさせ深くうちのめしたのは、地下牢に永遠に――息絶えるまでつないでおかねばならなかった囚人――国家的犯罪者を野にはなってしまった事実だ。何があっても絶対に生きて外にだすわけにはいかなかった。ケイロニア皇帝家――ひいてはケイロニア王に対してこそ都合のわるい罪人。豹頭王の股肱として、いやグインの無二の親友との思い込みがあったからこそ、ケイロニアの英雄の名誉を守るため、汚い裏工作を――彼は嘘さえ
ついてしとげたのに……。

（ぐぬう、パリスめ）

ケイロニア王妃、万世一系ケイロニウス家唯一の汚点であるシルヴィア皇女の、忠実な下僕であり騎士であり、愛人でさえあった男に逃亡されてしまったのだ。

そしてふたつめの事件とは――

黒曜宮の警備兵の誰ひとり不審に思わず、よって上長への報告はなされなかったが、この世を、巨大で複雑なタペストリとみる者には、こちらこそゆゆしくあやしい兆しかもしれなかった。

気づいていた者はいた。庭園の花木の世話をする庭師の老爺だ。十日以上前から兆しはあった。だが自分の職務は雪や風で弱ったり折れたりせぬよう気をくばることであって、それ以外の変化は多少めずらしくても報告する義務はない。

黒曜宮の北側に広がるルーン大庭園のひとつで、ある特定の花木に蕾がついただけのことだ。

その花木とはルノリアだった。気候温暖なパロでさえ三年にいちどしか花をつけないといわれるルノリア、北方のケイロニアでは四年にいちどか五年あいだがあく場合も少なくない。半年前に咲き終わっていたのに蕾がつき、その日の夕刻、真紅の花を開花させたのだ。

老爺がそのことを話したのはコーディリアという老嬢だけだった。先代皇帝の頃より仕える古株の女官長である。それをみた彼女は、「かれこれ五十年以上、アキレウス帝が少年皇子でいらした頃からお仕えしてきて……こんな大きな血のように赤い花、はじめて見たわ」

そして胸のうちでつぶやく。（ルノリアの狂い咲きなんて、何かわるいことの先触れでなければいいけれど）

そんな不吉な思いにさそうほど、黄金の残照をあびた「ルアーのバラ」は美しかったのだ。

黄金の――かつての名君がサイロンの繁栄と幸福の象徴になぞらえた夕映えの中で、大輪の花は血に塗《まみ》れた女王のようですらあった。

やがてルアーは丘の端に姿をかくし、黄昏《たそがれ》の庭園はすみれ色から二藍《ふたあい》へじょじょに暗く染められてゆき、ついに闇ひと色に塗りつぶされた。

――深更。

風が丘からもっとも離れた位置にある、七つの丘でもそれだけがぶきみな命名をされた丘である。

ここには頑丈な建物がひとつ建てられていて、いかめしい作りと暗く陰惨な雰囲気とで以前から黒いうわさが絶えなかった。きわめて身分のたかい者が罪をおかすと監禁される、たとえ皇帝家の一員でもこの館に閉じこめられたら最後、二度とふたたび表舞台にでてはこられぬ――ゆえに闇が丘と名づけられているのだと。

憶測を確信にたかめたのは、夜ごと館からきこえてくる叫び声だった。

若い女が夜じゅう異常な力をふりしぼって泣きわめいている。その内容が黒い霧にすぎなかった噂にひとつの答えを――周辺の住人に確信をあたえもした。《闇の館》に幽閉されているのはあの方にちがいない。

その叫びとは――

「お父様――お父様ァ……あいつは悪魔なのよ、豹頭のあくまよぉ！　皇帝だけじゃない、みんなだまされてるのよ。あいつは、あたしの夫――グインは英雄なんかじゃない。ああ……パリス、パリス！　たすけてよ。誰かあたしをここからだしてよォ」

夜泣き鬼《バンシー》のような叫び声は、真夜中過ぎてなお狂おしく高まり、熄むけはいはなかった。

第二話　獅子心皇帝の哀歌

1

黒曜宮の後宮は、主宮殿とルーン大庭園をはさんだ向かい側に位置している。よって建物と建物とをつなぐ回廊から、花園で競いあって咲くロザリア、マウリア、ラヴィニアを愛でることができた。たとえ花の季節がおわっても、広大な宮殿のうちで特に艶やかで、においやかな場所であることに異論をとなえる者はいないだろう。

かつての——皇后宮、そして王妃宮と、二代つづいて女主人に不幸で悲劇的な運命がおとずれたその後も、《女の園》の独特な空気が入れかえられることはなかった。

「まあ、本当なの？」

「信じられないわ」

柱の陰や厠《かわや》で声をひくめて交わされる話がよいものであったためしはない。

どんなに立派な宮殿にも影となる部分はある、ここぞと黒ずんだ——汚いものが掃き寄せられるようだ。

「なんて、おかわいそうなお方様」

「闇が丘のお方様、こんどこそご乱心めされたのね」

同情めかしているが「お方様」と云った時、娘らしいつつましやかなくちびるは醜くゆがんだ。

「聞いたわ、夜ごと聞こえてくるんですって？」

「一晩中ですって……ええ、あたくしも聞きましてよ」

「結局あの方のご不例は《治らずの病》でいらしたわね」

「以前からそりゃあひどかったもの、あのわがまま癇癪ったら！」

「そうそう、すこしでもお諫《いさ》めすると、スリッパを投げつけたり、ムチをくれてやる、ですものね」

クスクスクス……。

「ほんと、わがままの云い放題だった。それが今じゃ、ねえ」いい気味と言いたげな。

「それに、アレって子宮の病気だったんですって？」

「そうね、病気だわねあれは」

「あのひどい乱行が、ぜんぶ病気ですまされるわけ？」

若いみめよき娘が、蔑みきったように吐き捨てる。

「病気じゃすまないでしょ。お方様づきの者はみんな、東の、牢獄の塔に連れてかれてしまったわよ」

「宰相閣下のご裁決だわ。ご乱行を止めるどころか隠し立てしていたのではぐるも同じことよ。そりゃちょっとクララはかわいそうな気がするけど……姫さまをチヤホヤすることでいい目をみなかったわけじゃないし」

「夜ごと宮殿をぬけだして下町で男漁りなんてとんでもないことよ」

「お、おそろしい姦通だわ。だ、だんな様への背任行為だし、国家に対する反逆罪よ！」

「やあだ、エレーンったら大げさねえ。あの方に背任だの反逆だのそんな大それた考えありゃしないわ。ちょっと悪戯が過ぎた――母親からひいた淫乱の血が騒ぎだしたってだけよ」

その娘は宙に純潔の女神《ゼア》の印をえがく、まるで揶揄《やゆ》するかのように。

「それより聞いた話だけど、そうゆうご乱行がすぎると、遊び女の罹る悪い病気になるんですってよ。一晩中泣き叫んでるなんてまともと思えないわ。きっと病の毒がつむりまで来てしまったのよ」

「おお、ガートルード！　なんてひどいこと云うの」

「与太話じゃないわよぅ。カシス神殿で勉強してる兄からきいたんだもん」

「ほんとうなの？　アレの毒がつむりに回るなんて――おお、こわいこわい」

にぎった手を口にあてる、笑いを隠すためだ。

「そうよ。とにかくああなってしまったら、人間おしまいってこと」

「ほんとよねえ、おしまいだわ。やんごとなき姫君で、どんなに立派な殿方を夫に迎えられても――廃人になってしまわれては」

うわさ話に興じる者の影が、大理石の床にことさら黒くうつりこんでいる。

「つむりの病気でなくば、あの方――お方様は淫魔にとりつかれたのよ」

その声は若い娘にしてはずいぶんしわがれ、年寄りめいてひびいた。

「子宮の病こうじて、悪魔のたねを孕まれてしまったのね」

ふふふ、くくくっ。

おし殺した笑い声が、リネンを置いておく小部屋をみたす。

――と、

シッ！　ひそめた叱責の声。

（女かっちん玉よ。油を売ってると、またガミガミ云われるわ）

（じゃ続きはまた後でね）

（さあ仕事、仕事……）

「まったく、若い女官には困ったものですわ」

女官頭は苦虫をかみつぶしたような顔をして云った。

地位のある女官にあてがわれる局《つぼね》で、さいぜんからぐちを訴えている。相手は黒曜宮でも最高齢の老嬢で、長年後宮をとりしきってきた女官長のひとりであるサーティアだった。

「当人たちは陰で云ってるつもりでも、いずれそのうち——主宮にも伝わってしまうんじゃないかと私はそれが心配で心配で……」

女かっちん玉とあだ名される女官頭だが、これで小心なところがあるようだ。

「監督不行き届きか、元からの教育がなってないと、私たちがお咎《とが》めをうけるかしらね」

「そこですよ！　グイン陛下はお心のひろい方でいらっしゃるから、ご寛恕くださるかもしれませんが、宰相閣下はきわめて潔癖な性質ですもの、お怒りで私まで投獄されてしまうんじゃないか……毎晩うなされております」

王妃の醜行《しゅうこう》で最も深く心を傷《いた》めているのは豹頭王その人であること、宰相のハゾスはこの件の重要人物に脱獄されその探索でうわさ話どころではないことなど女官には与りしらぬことである。

「うわさに興じているのが、身分のいやしい者でないのも合点がゆきません。ガートルードもライヤも――ライヤなどワルスタット侯爵の縁続きだというのに。どうして家柄のよい、気立ても器量も何ひとつ不足のない娘が、こんなろくでもない――と云っていいと私は思うんですけど、忌まわしい事件を繰り返し口にするのでしょうか」

「解らないの？　お前には」

「はい、まったく解りません」

女官頭のいかつい顔をじっとみつめてから老嬢はため息をついた。

「うわさ話を云いふらすのに身分の上下などはない、器量のおとっている娘も器量よしもありはしません。みながみな面白はんぶんに口にする……」これまでがそうだったように――言葉じりを口のなかにしまいこむ。

「女官たちにイグレックの舌が生え付いたというのですか？」

「イグレックの舌とはお前あんがい云うわね」

「あんなことを貴族の娘が平然と口にするなんて……私は何かにとりつかれたと思いたいんです」

「ほほほ、お前ほんとにまじめね」

かつてはそこそこ効力を発したろう微笑が皺ばんだくちびるに浮かんだ。

「サーティア様には、娘たちが何ゆえうわさに興じるかお解りのような……心のうちが見通せるんですか？」

　人生の大部分を宮中で送ってきた女の長老であるからには、女官たちから敬意と同じだけの畏れを抱かれていた。女かっちん玉は身を乗りだすようにして老嬢の言葉を待つ。

「人の心が読めたら霊媒か魔女ですよ、まじない小路の辻に座ってます――そうではなく、いったんみなのうちに深くはった根をひきぬくのはやっかいだということです。叱ったり罰をくれてそれで改まるものではない。……おかわいそうだけれど」

「おかわいそう？　かわいそうとは、闇が丘の王妃様のことですか？」

　老嬢はきっとした目つきになる、めったな名を口にだすんじゃないと。

「あの方は、不幸な女君は生け贄《にえ》に捧げられたのです。ヤーンの呪われた娘の」

「ティア……ですか？」

　生きた蛇の髪と尻尾をもつ、厄介事の女神。司るのは宿命、それに――

　女官頭ははっとしたように、

「まさか、嫉妬されていたと？　シルヴィ……あ」口を手で覆う。

　サーティアはしずかな、おごそかとも云える調子で、

「人の心は弱い、ましてや年頃の娘なら……。娘たちの心はひくきに流れやすく、流れの底には、そねみ、ひがみ、嫉妬がしずみこんでいる。後宮に仕える身ならおぼえておきなさい。おのおのが心のうちに飼う魔物が、ときに同じ贄を見いだすことがあると。

宮仕えの者の悪意が特別なひとりに向かったらどうなるのか？　ティアがイグレックを煽ったのです。その長舌は生け贄を食い尽くし飽食するまで収まらぬ——それもまたヤーンのおぼしめし」

「はあ……」

女かっちん玉は得心したような、しかしまだ完全に納得がいっていないような表情で、

「ですが、なぜ女官の嫉妬を……シル……いえお方様がうけねばならなかったのです？」

「それは自分で考えなさいな。——私は一服したい」

それきり黙りこむ。上司の偏屈なのをよく知る女かっちん玉はそれ以上ほじくらず自分の仕事にもどっていった。

サーティアは机の上ですっかり冷めてしまったお茶をひと口すすった。

ふうと、もういちど深いため息をつく、うんざりしきったように。

彼女とて後宮にまん延するうわさ話はもてあましていた。

女性の貞淑を重んじるケイロニアで、シルヴィア皇女の不行跡がきびしい批難にさらされるのは仕方のないことだ。本人の心の弱さ、周囲の放任と隠し立て、彼女を守るべき良人《おっと》が長きにわたり不在だったこと、情状酌量の余地がないわけでもないが……。

しかしそれだけではない。サーティアのように古くから仕えてきた、それこそシルヴ

ィア皇女が年端もいかない少女だった頃から見てきた者は、周囲の皇女への接し方や受け止め方の変化――総じて冷淡になっていった――に気づかぬわけにはいかなかった。

わがままで癇癪持ちの世嗣ぎの姫など、歴史上もっとずっとひどい例がある。それがことさら批難のやり玉にあがるようになったのは、キタイへの拉致誘拐からもどって来てからだ。

獅子心皇帝アキレウス・ケイロニウスの信任あつき黒竜将軍、ランドックのグインに救出され、宮廷人のだれもが認めるこの好漢と結ばれてからだ。

よりにもよって「傷物の姫」とケイロニアの英雄が――。

（淫売とサリアの誓いを結ぶとはこのことだわ）

（ダンス教師などにたぶらかされ純潔を捨てた、ふしだら娘のくせして！）

（皇帝は王冠という持参金をつけて、嫁のもらい手のなくなった娘を一点の瑕瑾《かきん》もない勇将におしつけた）

（グイン陛下にも迷惑だったけど皇帝への忠誠心から断りきれなかったのよ。新婚まもなくしてパロへ戦争しに行ってしまったのがいい証拠。出征前夜、王妃が行かせまいと散々だだをこねたけど陛下は聞く耳もたなかったと聞くわ）

宮廷女の誰もが、グインとシルヴィアがそれ以前から通いあわせていたほのかな恋情を無視した。なかったことにした。

それどころか、誹謗中傷は夫妻の寝間にまで向けられた。

（なにしろマライア后——稀代の悪女の娘ですもの。その体には淫蕩なクムの血がながれているのよ。その上キタイの淫売窟でいやらしいことをいっぱい仕込まれたものだから、グイン陛下をへきえきさせ……結局退けられてしまったのよ）

みなが単純に白と黒とに塗り分けたがった。白はグイン王、黒は王妃——やがては性の誘惑に敗け醜行に走った大淫婦——シルヴィアだ。

これは正しい糾弾で誹謗中傷ではない。自分たちは《正義》の側から云っているのだ。グイン陛下になりかわって売女の王妃をさばいてやる。多数の原理に基づき云いちらした。当人の耳に入ろうが入るまいがおかまいなく。

この《黒い波動》がシルヴィアの病を進行させたことはじゅうぶん考えられる。長きにわたり皇帝家の内幕をながめてきた女官長に解らぬはずがない。

（……おかわいそうな姫様）

同情のつぶやきには、何もできなかったことを悔やむ響きもあった。

しかし——

（闇が丘の皇女様は、その名も口にされなくなるまで獄につながれ、はかなく一生を終えられるべきだろう。女官たちのうわさ話はその時やっと消えはてる。それまで、黒曜宮のみそぎは終わらないのだ）

この結論づけは宮仕えの身としては致し方ないものかもしれない。これを冷淡だ非人情だと責められるほど、シルヴィア皇女の孤独と欠落に親身になれた者が他にいたとも思われぬ。黒曜宮の誰もがおのれの常識にあてはめ、通りいっぺんの批難をあびせかけ……結果その病を悪化させてしまったのだ。

茶器を卓に置いて、老嬢はふと回廊の向こうに広がる庭園に目をやった。

（ずいぶん赤いこと）

冬晴れのルアーのト、常緑樹の暗い緑を背景に、真紅の花はいやが上にも鮮やかだった。

（ルノリア？　変ね、あの花の季節はとうに終わったはず……）

狂い咲きの花は、なにがなし厭《いや》な不吉な印象を映じていた。

＊　＊　＊

「これは――ずいぶん赤い花だな。まるで……」

声をかけられた、それだけで小姓は舞い上がってしまい、彼が口ごもったことを訝《いぶか》しむどころか気づいたふうもない。

「何と云う名前だ？　ロイ」

豹頭王が花の名を気にかけるなど珍しい、いやかつてないことではある。

「ルノリアでございます、陛下。ルーン大庭園の花園において数日前開花したものであります。ルアーのバラとも、花の女王とも呼ばれ——しかもこの季節に咲くのはありえないぐらい珍しいのだそうです。ぜひご観賞いただきたくお持ちいたしました！」

　少年はケイロン人らしい色白の顔を紅潮させている。

　パロ製のガラス壺に活けられた真紅の大輪は、王がふだん政務を執っている機能的だが殺風景な部屋に、場違いな娟麗《けんれい》をふりまいていた。

　トパーズ色の目がじっと花に注がれているのに、小姓はめざとく気づき、

「お気に召していただけました？　ルノリアの園は今や満開です。ご愛妾殿への贈り物に花籠などいかがでしょう？　すぐに伐《き》ってまいりますよ」

「——いや、それはいい」

「あ、申し訳ありません。さしでがましいことを申し上げて……お腹にやや様のおられる方に花の強い香りは障るかもしれませんよね」

「そういう意味ではない。あれ《ヽ》はこの花を好むと思えんからだ」

　グインがやさしい口調になったので小姓はほっとしたように、

「よかった……です。そうでした！　この季節、他に生花はありませんが、南方の植物などいかがでしょう？　温室にございまして、つやつやした緑の葉がそれは目にうつくしゅうございます」

「そうか。緑はいいな、俺も好きだ」

「はい、陛下！　さっそく鉢に植え替えてまいります」

深く一礼する。

飛び立ついきおいで小姓が退出すると、グインは血の色を思わせる花からそれまで向かっていた書き物机に視線をもどした。

現在王の抱える政務の量からすると、整理整頓はゆきとどいている方といえるが、ケイロニアの各領地――ことに復興中のサイロン市からの報告書、陳情書、王の決裁を待つ書類がうずたかく積み上がったありさまは最高責任者の煩雑な日常をものがたっている。

むろん宰相はじめ文官たちに政務を割りふっているが、グイン王は布令《ふれ》の成果、民の反応やそこに生じる不都合、国政におけるどんな細かな点も把握し次策に役立て――つまりは国民の暮らしに還元させようと努めていた。市内復興に遠方から駆り出されてきた人夫の住まうところその設備にまで心を砕いた王はこの時代――性格はいささか異なるが――他にはゴーラ王国の僭王イシュトヴァーンぐらいだろう。

グイン王は、ケイロニアという巨大な獅子の創傷について、足裏に刺さったトゲに至るまで知り尽くしている――そう思わぬ側近はいなかった。その情報力、おそるべき正確さ。「復興の現場監督」アトキア侯マローンなど「陛下の豹頭には、いったい何人の陛下がお住まいなのです！」と感嘆のあまり叫んだほどだ。

戦士の太い指が未決箱の一枚をつまみ上げる。

文面は「こうきゅうに、ねずみとりをしかけてください。なるたけはやく。」陳情者は「たりっどの、ぢぁるーさ」たどたどしいルーン文字はグインが手をとって教えたものだ。

マローン、《竜の歯部隊》ともどもまじない小路でトルクの群に襲われたあの日、夜おそく後宮にもどり着いた豹頭王は愛妾からも鼠害を訴えられた。後宮の女どもを襲ったそれはまじない小路で遭遇したのと同種の獣ではないかと疑われた。すぐに後宮を中心に大掛かりな駆除と巣穴さがしを命じたが、グインが遭遇したような大トルクを捕えたという報告はまだなかった。

グインの怪我を知ったヴァルーサは、

「王さま、あたい心配だよ。豹の王さまが、トルクごときにおくれをとるなんて思わないけど。なんだか……」

愛妾の気弱げな声と顔が豹頭の男に刺さりこんでいた。

なぜならまじない小路の踊り子だった娘には、いまだ顕《あらわ》れていないものを感じとる能力があるからだ。その力のおかげでグインは死地を脱したこともある。

包帯の巻かれたグインの腕を撫でさすりヴァルーサはくりかえし云った。

「もしこれが後宮《ここ》だけじゃない、黒曜宮……タリッド……サイロンに、またわるいヤツがしかけてくる前触れだったら……もちろんあの夜みたいなことになったら、あたいだって戦うよ。戦ってやる！　でも、今は赤ちゃんが……」

「お前が案じることはない。後宮を守り戦うのは警護役の務め、そしてケイロニアは日夜鍛錬している騎士をひきいて俺が守りぬく、責任をもって」

「うん。……だよね、そうだよね王さま。豹の王さまの国に、不安がることなんてあるわけないのに。あたい何考えちがってんだろ？　そうゆうのってバス……バスの……？」

「杞憂《バスの心配》と云うのだ」

グインはしがみついてきたヴァルーサの浅黒いちいさな肩を掌でつつみ、安らかな寝息が聞こえるまでそうしてやっていた。

ヴァルーサはあのサイロンの夜となにひとつ変わっていない、愛妾に遇されてからも。踊り子の無邪気と情熱、愛する男への全幅の信頼、勇敢なアマゾネスの魂が後宮の日々に鈍らされることはなかった。かのイェライシャに、安楽で贅沢な暮らしより「子をくるむ産衣《うぶぎ》こそふさわしい」と云わしめた娘なのである。

こうしてふたたび愛を得た王に、しかし新たな苦悩――そのたね《いか》をもたらしたのは、ヤーンそしてサリアであるのは間違いなかったが……。

扉を叩く者があり、グインは入室をゆるした。

入ってきたのはアトキア侯マローンであった。青年侯の顔は絆創膏だらけだが表情は晴れやかだ。

「失礼いたします。ご依頼のねずみ駆除の件で進展がありましたのでご報告に上がりました。メルクリウス医師に相談いたしましたところ殺鼠剤《さっそざい》の研究者を紹介してもらえました。ニーリウスという若い薬師《くすし》でして、かつて――カシス神殿で百年に一度の逸材と云われた者だそうです。こちらがその身上書と試薬のリストです」

マローンは懐から折り畳まれたなめし紙をとりだし豹頭王にてわたした。細かい文字がびっしり書き込まれていたが、グインはすばやく目を通すと意外そうに云った。

「マルスナの子か」

「そうです。女医の――黒曜宮の産科医筆頭マルスナ師のひとり息子です。カシス神殿は退学になっておりますが、独力でさまざまな薬草や毒素の研究をつづけ、その分野では知らぬ者なしなのだそうです。この私め、さすがケイロニアだ！……ッッ」

言葉に力をこめたせいで傷にひびいたのだ。

「……かくれた人材、逸材の宝庫かもしれぬと、この若輩者、感慨と確信を深めております」

マローンはこの調子でいけば、魔道にたずさわる隠者、豹頭王の役に立てる予言者も見つかるはずだと語調にこめていた。

「ご覧いただきましたように、トルクだけに効き、殺すだけではなく、おびき寄せたり痺れさせ生け捕りにもできるなど、魔道のようではありますまいか」

「しかしマローン、どれも試薬――開発中につきとただし書きがあるぞ」

「あ、そこですが、メルクリウス師によりますと、ニーリウスは研究者として完全主義でその上偏屈者、新薬をなかなか世にだしたがらず、いちどとしてサイロンの薬問屋に卸したことがないのだそうです」

「ふしぎな薬師だな。商売っけがないとはこのことか？」

「そうですね、人々の役に立てたいのならカシス神殿に持ち込めばいいようなものの……ああ神殿と衝突して出たのか……ですがマルスナ師はヴァルーサ殿の主治医でありますことですし、メルクリウス師から聞くところによるとニーリウス自身が大のグイン陛下びいき……うあ、失礼な云い方を……ええと、グイン陛下のお役に立てるのなら不眠不休で新薬を完成させる所存と自分から云ってまいり、師を大いにおどろかせたそうです」

「うむ、俺のためというより、黒曜宮ひいてはケイロニアの民のためということであろう。有意の青年であることはまちがいなさそうだな、会うのが楽しみだ」

「はい、そうおっしゃって頂くと本人も励みになることでしょう。グイン陛下に拝謁をたまわるため、新薬完成に全力を投入するにちがいありません」

マローンはなかば薬師になりきったように云う。

「つきましては、陛下。もうひとつ懸案になっておりました、まじない小路の消えた魔道師たちの行方なのですが……」

「そちらのほうも進展がみられたか？」

ずいと巨軀を乗りだす。

「進展と云ってよいか心もとないのですが、酔いどれ小路の者の証言で、ある夜遅くまじない小路のほうからはげしい風のうなりが聞こえ、その後こんどはたくさんの鳥の羽ばたく音が——真夜中にもかかわらず——してきて、じっさいイリスの光におびただしいガーガーガーの飛影が映ってみえたというのです」

「ガーガーが、真夜中にか？」

「そうなんです、条理にあいませんね。あやつらとて鳥の仲間にちがいないのですから、ですがその酔っ払いはまちがいなくガーガーだったと云いはるのです。火酒のみせる夢まぼろしではなかったと、たいそう真剣なおももちで。この時私は、もしやまじない小路の住人のと……」

「魔道によるものと考えたのだな、おぬし」

「陛下がお疑いになられるぐらいには……」

「その酔いどれはガーガーどもが、どの方角へ飛び去ったか見ておるのか？」

「はっ、タリッド地区から見て双《ならび》が丘の方角であったそうです」

「双が丘の方角——真南か？」

その時グインの目は執務室の壁に向いていた、壁一面を占める中原の地図に。

豹の目がまじない小路と双が丘をむすぶ延長線上に何を見ていたか？　マローンには考えも及ばなかった。まさか、ケイロニアの版図を越え、パロも越え、広い自由国境地帯から草原地方、沿海州へおよぶ——世界全体を《調停者》の目で見据えていたなど。

ただ——

（グイン陛下におかれては、まじない小路の魔道師どものゆくえが、わけても予言者のことを気にかけておいでなのだな。それに——）

それに、まじない小路で王に示唆された「魔道のにおいのしない魔道師」の謎がのこっている。いまだ手がかりはなく、目撃者も見つかっていない。トルクとの関連——敵か味方なのか？

その究明こそ若輩者に課された最大の難題だった。

2

金切り声と云ってよい少年の声が響いたのは、マローンがグインと共にいるうちだ。

「ご注進——！　陛下、大変です、大変なことが起こりました」

執務室に飛びこんで来たのはさいぜんルノリアを飾り付けた小姓である。

「どうしたのだ？」

ロイという小姓は、金髪を額に乱れかからせ、ぜいぜい息を荒らげている。全力で走ってきたにちがいない。

「い、一大事でございます。回廊のところで女官頭殿につかまって……ガレアさん、いつもよりこわい顔で主宮殿にはやく伝えるようにと——」

「何が起きたか具体的に云え、ガレアは後宮に詰める女官だな？」

「はい。そのガレア殿が、後宮で大変なことが起きた、黒曜宮はじまって以来だと天をあおいで——ぼくの腕、痛いぐらいつかむものだから……聞きかえせなくって……申し訳ございません」

「陛下、これでは事件かどうかも……」マローンは呆れ顔。

「ああ、皆目わからぬ。だがまっさきに俺に云いにきてよかったぞ、ロイ。後宮においては『王と王の認めた者以外はみだりに立ちいってはならぬ』しちめんどくさい決め事があるらしいからな」グインに肩をたたかれ小姓は安堵の息をつく。

グインはロイに案内させすぐに後宮に出向いた。

共連れのマローンには、「本来ならこのような事件はハゾスの管轄だが、これも俺の側にいた不運とあきらめてくれ」

これぞ豹頭王のユーモアであったが、青年侯はうっかり聞き落としていた。これより向かうのが独り者には気後れを感じさせる場所であるということを。

回廊にしょう然と佇むガレアは小姓が連れてきたのが、豹頭王その人と知って哀れなぐらい取り乱したが、「落ち着いてことの詳細を話せ」大人《たいじん》らしい口調と力づけとで平静をとりもどし、何が起きたか——すくなくとも起きたらしいと気づいたかを話しだした。

「たいへんなことが起きたにちがいありません。……ご愛妾ヴァルーサ様の房のある建物の区画が突然はげしく揺れだしたのです。その小宮だけが……おお、あれはきっと悪魔の仕業にちがいありません」

「ヴァルーサの？　ヴァルーサの安否は確かめられたのか？」

「それが解りません。解らないから……一大事だと……おお、神よ」両手をもみしぼる。駆けつけたガレアの前で、建物の扉も窓さえも外側からいっさい開かなくなり、いくら扉を叩いても中から応答がないことなどを、魔除けの護符をまさぐりながらようよう云い終えた。

「陛下、これはゆゆしき……」マローンは顔色をかえる。

「うむ」

グインは首肯《うなず》き、「俺はヴァルーサの小宮にゆく。ロイお前は主宮殿にもどって、ハゾスか――リンド長官かに事態を伝え、王命だとして騎士団の出動要請をしろ。ゼノン麾下金犬騎士団の力自慢を急ぎ後宮へ向かわせよと」

しかるべき判断と命令をくだすとグインの行動ははやい。回廊を、その巨軀からは信じがたいスピードで走りだしたのだ。遅れてならじとマローンも後を追いかける。

ルアーの光の下、ふだんと変わらぬたたずまいをみせる白亜の宮殿。

他の建物にくらべ特別華美でもなく、かといってどこも老朽化していない。小宮を普請《ふしん》したのは名のある建築家と石の建築を専門とするしっかりした大工たちだ。強風や大雨にあってもびくともするものではない。ただしこの世の常の天変地異であった場合だが。

小宮を取り巻いて何人もの女官や侍女がすすり泣くありさまは異様だった。いずれも体格のよい女の小姓たちが、開かずの扉をうんうん唸りながら押したり引いたりしている。

女小姓の一人が豹頭王の到着に気づきすばやく走り寄って拝跪《はいき》する。エレナは王に剣を捧げる女騎士でもある。

「陛下、中にヴァルーサ様がとじこめられております」

「ヴァルーサだけか？」

「いいえ、ヴァルーサ様づきの女官のマヤ、ディアナ、それに侍女も何人かいたはずです」

「俺がやる」

グインはおもむろに正面の扉に歩みより、扉に両掌を押しあてた。

むんっ。

金剛力と呼ばれる――グインの怪力はラゴンの勇者を持ち上げ、北の巨人《ドードー》ローキをさえ打ち負かした――地上の人間として最大級のものであろう。

王衣の下で、盛り上がった肩と腕の筋肉からメリともメキともつかぬ音が発される。目にはみえないが、すさまじいオーラをマローンはかたわらで感じとった。小宮ごと持ち上げてしまうのではないか？　巨大なパワーに圧倒されて手助けすることさえ忘れた。

しかし――

それほどの剛力をもってしても、わずか一タルスも扉をうごかすことは出来なかった。我にかえりマローンが加勢したが同じこと。グインはいったん後ずさると、何度か巨軀を体当たりさせたがびくともしない。

グインは黙って宮殿の壁をにらんでいたが、エレナに向かって、「他の扉は？」

「裏側にひとつ、そちらも開きません。どの窓も鎧戸があがりません。他にはめ殺し窓はありますが、どれも小さなものなので……ああ、どうしたら！」

男まさりの娘がおろおろしている。

グインは別にひとつある――女宮は警護上、出入り口はすくない――扉も試したが無駄だった。

そうこうするうち金犬騎士団が到着した。タルーアンの混血児、ゼノン将軍ひきいるいずれも見上げるような大男たち。騎士たちは扉を破るための大槌を台車に載せてきている。

「陛下！　参上つかまつりました」

地獄の番犬ガルムをかたどった兜をぬいでゼノンが深く敬礼する。ゼノンのグイン王に寄せる情は崇敬と云ってもいい。

「頼む、ゼノン」

グインもまた、次代の英雄ともなろう赤毛の若者に強い信頼を寄せていた。

ゼノン将軍みずからケイロニア最強の歩兵部隊の指揮をとる。

騎士たちはかけ声をあわせ、城攻めにつかわれる大槌を小宮の扉にたたき込む。

大槌を二度、三度と打ち込むほどに、小宮の壁ごとずーんずーんと鈍い音がとどろく。

しかし扉はわずかにたわみさえしなかった。いかに堅牢な建物でも、破城槌とよばれる兵器を前にして……これはあやしむべき事態ではないのか？

力自慢の大男たちが額に汗し打ち込みつづけても小宮の扉は破られぬ。指揮するゼノンの武骨な顔に、不審と――畏怖の翳《かげ》がさす。

「陛下、これはいったい――？」

「変です。かすがいの一本も折れも曲がりもしないとは……」

マローンも云った、うめくように。建築の常識からありえない。小宮の扉は、あやしい特別な力によって――外からの攻撃を一切うけつけなくされてしまったようだ。

条理にあわない、あやしい力とはつまり――

（魔道なのか？）

マローンは息をつめた。

豹頭王のトパーズ色の目は建物にじっと注がれていた。

継ぎ目が分からぬはどぴったり石を組み上げた外壁、窓の鎧戸も風雪に耐えぬく頑丈な作り、北方ケイロンの建築につつき崩す穴など見いだしようがない。

グインの視線はいったん下に向いた。小宮の土台、柱石と礎石からなるそれは深く地中から建物を支えている。

（いや、それもならぬか）彼はつぶやくように云った。

それを聞きつけた建設関係を兼務する青年侯は——まさか陛下は小さきといえど宮殿を土台からつき崩そうと考えたか——とさえ疑った。

「エレナ、はめ殺し窓とはどれなのだ？」

「あ、はい！　こちらでございます」

女小姓がさししめすのは、色とりどりのガラスがはめこまれ、それぞれが小さな窓になっている壁面だ。装飾用らしく、どの小窓もミャオの仔しか通り抜けできそうもない。

グインはやおら懐から宝石をちりばめた短剣をとり出した。それは舅《しゅうと》のアキレウス大帝から授けられたもので柄には魔除けがほどこされている。

「陛下？」

マローンは目をみはった。

グインは鞘を払わず逆にその部分をにぎって、短くするどい気合いもろとも、ルーンの刻まれた剣の柄を小窓のひとつに突きこんだのだ。

豹頭王の手によってガラスが砕かれる刹那——

この世の物質が砕ける音とも思われぬ、ユニコーンの水晶の角、人魚の抱く卵、イリスの石が砕けたならさもあろうか？　不可思議な破壊音が響いた。

小窓にはまった赤いガラスが割れた直後さらなる怪現象が生じた。

ガラス片が飛び散るのと同時に、小宮の側から、常人の目には赤いか黒いかも判じられぬ不定形のなにかが飛びでてきたのだ。

グインの目はするどくほそめられ、とっさに右手を宙にさしあげ、呼ばわろうとした、破邪の剣の名を。

しかし――

霊的な光を戦士の掌にあつめながらも、魔のものを切る剣は実体を現わさなかった。

ふいに眼前を覆った淡い翳が、奇妙な脱力と欠落感を王にもたらした。掌のなかで光は立ち消えてしまった。グインは何もあらわれなかった右手をにぎりしめ、霧状のそれ――なにかの獣の形にみえなくもない――が逃れ去るのを見送った。

次いで扉のほうで動きと、わあっという歓声がわき起こった。

「開きました、扉が！　こんどは力もいれないのに、陛下、はやくこちらへ――」

「陛下！」

マローンも声を弾ませ、豹頭王を呼んでいる。

グインは扉の前についた短い階《きざはし》に足を載せ、妖霧のとび去った方向に視線をむけた。

（これもなんらかの魔道なのか？　魔道であるならいかなる原理によるものか。ヴァレリウス卿にでも問い質したいところだ）

そして、右手の拳をじっと見つめる。スナフキンの剣が呼びかけに応じなかったのは、今なお根治せぬ記憶障害ゆえか、それ以外に原因があるのか？

あの一瞬脳裡をよぎったものがあった。淡い幽鬼じみた、若い女のようだが顔だちははっきりしなかった。ただその目は憎しみと恨みを呑んでいた。それは王に不条理な罪悪感さえもたらしたのだ。

（あれはなんであったのだ？）

豹頭王は根源にからんだ謎を振りはらうように、ことさら大股で小宮に入っていった。内部は平生と変わるところはなかった。

廊下で侍女が二人、ヴァルーサの房の扉の前で女官のディアナが座り込んでいた。ぼおっとした表情をして、前後不覚におちいっているようだ。

マローンは娘に多少きつく「どうしたというのだ？」

ディアナははっと我にかえったように、「……わたし？　おお、どうしていたのでしょう。宮殿がひどく揺れたと思って……そのあと……どうしていたのか覚えておりません」

立ち上がらせると長身でしっかりした体つき。ふらつきはなく、痺れなど他に異状もないようだった。

　グインのほうは愛妾の寝室へと歩み入った。

　中央に据えられた、巨大な、三人並んで寝られそうな寝台に、ヴァルーサのすがたがあった。

　ほっそりした浅黒い肌の娘は、絹のシーツと上掛けとの間に横たわり、倒れている――というより味寝《うまい》をむさぼっているように見えた。

　武骨な戦士の指はその肩にふれ、そっと揺すぶった。

「……う、うん」

　小さなうめきが、くちびるを漏れでる。

「あ…れ、王さま？」

　ぱちりと開いた黒曜石の瞳は平生のヴァルーサのもの。はじめは夢みるような光を目にうかべていたが、辺りにものものしい空気を感じとったらしく、

「王さま、なんだか……いつもとようすが違う。あたいの眠ってるうちに何かあったの？」

「ヴァルーサ、お前を怯えさせるつもりはないが――怪異が起きたようなのだ」

　グインは小宮の区画をのみ揺らした地震のこと、開かずとなった扉のこと、宝剣によって破りはしたが「建物内部に張り巡らされ、外側と遮断しどんな剛力もはねのける」

魔道がかけられていた疑いについて語った。

タリッドの舞姫だった娘は首をかしげて聞いていたが、グインの説明をすんなり了解した——どころか驚くべきことを口にした。

「よくねてたから周りでなにが起きてたか解らないけど、妙な夢をみてた気がするの。それってもしかしたら、その結界の魔道もどきのせいかしら？」

「結界の魔道だと？」

これにグインは鼻にシワをよせる。

「むずかしいことはわかんないけど、まじない小路で耳にしたことがあるわ。魔道の《結界》のしくみ……というかへりくつ、となんとなく似ている気がする」

無学無教養な娘だが、まじない小路での耳学問によって、感性が研ぎ澄まされている。時に豹頭王もたじろぐ鋭さをみせる。

「どうやら小宮の内部に魔道のたねとなるものが入りこみ、そやつが内部から怪異をひきおこし——今お前が云った《結界に似た状態》を生じさせていたフシがある」

「えっ……」

獣の形をした霧のことを聞かされ、ヴァルーサは顔色をかえる。

「それってトルクの事件と同じことだよね？　いったいどこから……。でも七つの丘でいちばん立派な宮殿のどこに魔のものにつけこまれる穴があるっていうんだろ？」

不安にかられたように訊きかえす。

「ヴァルーサ、まったくお前の云うとおりだ。きゃつらの通り道をみつけ、まず侵入路を断たねばならぬ矢先にこのような——黒曜宮をあずかる身としてあいすまぬ、落ち度だと思う」

「王さま？」

黒い瞳はきょとんとする。

「やだよ、そんな云い方……王さまは、ケイロニアの豹頭王であるけれど、あたい——踊り子のヴァルーサの男なんだから、そんな堅苦しい云い方しないでいいよ。今回だって王さまの力で魔物は追いはらわれ、あたいだけじゃなく女官たちも助けられたんだろ？　ありがたいよ、謝ってもらうなんてまるっきり逆だよ」

云うなりヴァルーサはたくましい胸にすがりつき、豹の鼻面にかわいい顔をこすりつける。無邪気で直接的な愛情表現だった。

不運だったのはこの場面に入ってきてしまった青年侯である。寝台の上で抱きあう豹頭王と愛妾に耳まで真っ赤になり、目を逸らすのも不敬かと半眼になって報告する。

「へ、陛下……ヴァルーサ様、女官も侍女も全員、い、異状はないようです。念のためとゼノン将軍が申し出られ、金犬騎士団と周辺を警護されておりますが……」

「そうか、それはよかった。マローン、ではマルスナ医師を呼んでヴァルーサの診察をたのんでほしい」

「はい、陛下ただちに――」

マローンはまるで退散するように出ていった。

「王さま、あたい……それに赤ちゃんだってだいじょうぶだよ」

ヴァルーサは腹に手をやり、口をとがらせる。

「じぶんの具合ぐらいわかるよ！」

「そうも云うなヴァルーサ、念には念をいれ――心配ごとをなくして出産にのぞみ、よい子を生んでほしいと願っているのだ」

しずかに諭すように云われては、小さな角をひっこめるしかない。

「そうか、そうだよね。今はこの子をぶじに生むのがあたいのつとめ……」

まるくせり出した腹に目を落とす。奔放なところもある娘だが、母になる重みはじゅうぶん受けとめているようだ。

産科医が到着するまでのしばしの間、グインは愛妾に添うてやっていた。

というのも、高官を集めての会議やサイロン市中の視察――痛手をうけた市民を励ますためもあり、事実豹頭王をじかに目にした者たちは絶望から立ち上がる気力をかきたてられた――に忙殺されるグインは、愛妾とゆったり過ごす機会をふだん持てなかったのだ。

ヴァルーサはここぞと甘えた。豹の髭をひっぱり、美しくなめらかな毛皮に頬をすり寄せ、耳もとでよしなしごとを訴える。

「やっぱりあたい退屈だよ。こんな住みごこちのいいとこで美味しいもんたべさせてもらって……ばちが当たるってなもんだけど。はやくこの子がでてきて、お乳をやったり、おしめを替えたり世話できたらいいのになーって——どんな子なんだろ？　男かな、女の子もかわいいなって考えだすときりないんだけど」

愛妾をみつめる王の目には特別な光があった。愛情だけではない、憐愍《れんびん》めいた、かすかに悩ましげな……。

「まだ訊いたことなかったね、王さまはどっちがいいと思ってる？」

「俺はどちらでも、健常なよい子でありさえすれば」

さいぜんと同じせりふであるが。

「まじない小路には腹の子の性別をあてる婆さまもいたよ。金持ちや貴族の妾がこっそりやってきて占ってもらうんだ。男の子が生めるようにって願をかけたり、すごい人だと女の子ってわかると今から男にできないか、できないなら堕ろすって大泣きするんだ。ばかみたいって思ったけど……ケイロニアではあとつぎは男にかぎるんだって？」

「誰かに何ごとか云われたのか」

「ううん、うーん……そうなるのかな？　女官のマヤが教えてくれた、宮殿ではみんなが、大帝陛下も生まれてくるのは王子だと信じて期待してるって」

「そうか」

「王さまもあとをつぐ男の子がほしいと思ってる？」

「子供に期待をかけるのは当然だが、生まれる前から男だ女だなど、バスの心配にもひとしい要らぬ考えだと俺は思う。お前と生まれてくる者が健常で、穏やかな心持ちでいることしか願ってはおらぬ」

「……ありがと、王さま。豹の王さまはやっぱり、そうくるよね」

ヴァルーサは「揺るぎない」と云いたかったのだ。愛する男を見上げ、言葉足らずを補ってあまりあるまなざしを返した。

だが愛妾にも《健常》という言葉をくりかえし口にするグインの心のひだを推し量ることはできなかった。豹頭王のうちに、まじない小路に通う妾と似て異なる心情——不安があることまでは。

豹頭異形の身で父親になるという不安までは……。

＊　＊　＊

そのようなやりとりが交わされていた頃——

悲劇は、ヴァルーサの小宮から遠からぬ庭園で起きていた。

真紅の大輪が咲きくるうルノリリアの園でのことだった。しだれ落ちるほど沢山の花房はそれはみごとだったが、まだ寒いこの季節に戸外で花見を楽しむような物好きはいない。

そのルノリリアの花陰で女官が一人むざんに死にかけていた。

コーディリア。彼女もまた後宮を取り仕切る女官長のひとりである。

横向きに倒れている老女の白髪にちかい金髪が血に染まっている。すぐそばに黒い石像が横だおしになっていて、その半神半魔の像を載せていた台座は空になっていた。

うっう…という、苦しげな弱いうめき声が漏れ続けていたが、それを聞いているのは狂い咲く花ばかりだった。

——ガサッ。

灌木の繁みから現われたそれは、瀕死の老女のそばまでくると鼻をひくつかせ歯を剥き出した。ミャオほどの大きさだが、発達した巨大な門歯はまるでちがう獣のものだ。

そんなのに目と鼻の先まで寄ってこられたら悪夢にちがいないがコーディリアはくるしげに息を吐くことしかできないでいる。

とその時——

「誰ぞ、いるのかえ？」

いくらか離れたところからだが、女の声が響いた。

……サ、サーティ…アさ……ま……

コーディリアにとって、永の年月、黒曜宮に共に女官として仕えてきた、上役であり時にライバルでもあった女の声である。聞き分けられたようだ。

「こ、ここで…す」

皺ばんだ肉に今まさに齧《かじ》りつくばかりだった妖獣は、（おやまだ生きているぞ、屍肉ではなかった）とにわかに興味をなくしたように走り去った。

一方、サーティアである。

地震にあわてて庭園の広場にでたところで、庭師の老爺から「ルノリアの園から悲鳴が聞こえませんでしたかの」訴えられ、すわ石組みでも崩れ下敷きになった者がいるのかと、老爺と手分けし悲鳴の主を捜しまわっていたのだ。

（今、たしかに声がした）

コーディリアとまでは解らなかったが、声のしたほうに灌木をかき分け進む。

――チュー。

どきりとしたのは、それが毛嫌いしている獣のものだったからだ。

「シッ、寄るんじゃないよ！　こ、このっ畜生《ドール》め！」

ふだん口にしない、下品な言葉を吐きかける。

「チュウゥッ」

その鳴き声は異様に太く、迫力があった。

そして下生えから姿を現わしたものに、サーティアは腰をぬかしそうになった。

大トルク！――過日、豹頭王は宮殿中に布令をまわし、はしために至る全ての者に警戒を呼びかけていたが、超戦士に傷をおわせたという魔獣と一対一でいる恐怖は言葉にもできなかった。

恐慌におちいった女官長は、キェー、ヒーと意味をなさぬ叫びをあげつつ、懐から摑みだした護符を――それは水晶の神像であったのだが――無我夢中でトルクに投げつけた。

魔除けの女神像はトルクをかすめ灌木の根に当たってころがる。

フゥーと小さな虎の鼻息、大トルクは目からあやしい炎をはなち、跳躍した。

黒っぽい毛皮のかたまりが、悪魔のボール――悪魔が自分の首をねじりとって投げるという――のように、あわれな女官を襲った。

サーティアはギャアとうしろざまにひっくり返り、真後ろに口をあけていたドールの地獄に吸いこまれた――そこにあいた穴に。まるでトルクに罠をしかけられたようだった。サーティアは深さ十タールはありそうなそこへ転がり落ちる。

穴の底にはさらなる暗黒が待っていた。底と思われたところには横穴が続いていて、

灰色の毛の塊がそこからあふれだしてきた。無数の、鬼火のような目にさらされ老女は
――
「ひ、ぃ……」
嫌悪のあまり、悲鳴を喉に詰まらせる。
大トルクの巣穴は花園の地下にあったのだ。
おびただしい、汚らわしい毛皮の群がざわざわと、とり囲みせまってくる恐怖。
闇より濃い絶望……。
「ギ、ギャ、ギャヒッ…」
悲鳴を漏らす口の上にまで、おぞましい生き物たちが這いのぼってくる。
やがて――
穴の底から響いてきたのは、人とも獣ともつかぬ、常軌を逸した笑い声だった。

3

風が丘から遠からぬ光が丘——

星　稜　宮《スターランドパレス》は、ケイロニアの統治権をグイン王に委譲した皇帝が隠居所にさだめた離宮である。瀟洒《しょうしゃ》で美しく、光が丘の他の館からひときわ抜きんでた立派な建物である。

近年病がちのアキレウス帝であったが、黒死病の鎮静と足並みをそろえるように回復し、寝たきりの床を払い、病人食でない食事を口にできるまでになっていた。

回復期の病人にありがちな食に関するわがままも出はじめていた。オクタヴィア皇女が、トーラスの食堂で習いおぼえた「オリーおばさんの肉まんじゅう」を病父の胃を慮《おもんぱか》ってやや小ぶりに作ってみたら、ぺろりと平らげ「これでは物足りん」が始まったのだ。

父思いの娘は困りがおで、「お父様、今夜はここまでにいたしましょう。もうじゅうぶんお召し上がりですわ。急にたくさんを召し上がられると胃の腑がびっくりしてしまうとカストール博士もおっしゃってますし」

「タヴィア、お前にそのようなことを吹き込んだか？　悪医者めは、うぬぬ」

口惜しげに唸り、口もとをよごしていた肉汁を拭う。

「ええ。お父様——大帝陛下に元の健康体を取り戻していただくためには、いささか手厳しいことも申し上げますぞ、悪医者おおいに結構——とおっしゃられまして」

オクタヴィア皇女はすまして宮廷医師長の声音をまねる。紺のびろうどの淑やかなドレス、銀を帯びたすばらしい金髪を結いあげ、貴婦人ぶりが板についているが、かつてこの美女は男を装いサイロンの夜に剣戟の火花を散らす剣士だった。一女をもうけた今も変わらずすらりとしていて、ケイロニア美人といえば長らくアンテーヌ侯の娘でワルスタット侯夫人アクテと云われていたが、タヴィアこそが女王の座にふさわしいと云う者も少なくなかった。

「さ、また明日の楽しみになさいませ。野菜を煮てだしをとったスープの実にしてさしあげますからね」

ケイロニアの獅子を手なずける手腕も堂に入ったものである。

「おお、それも旨そうだな。——マリちゃんや、明日もお母さんのおいしい料理がたべられるぞ」

大帝の隣で子供用のスプーンをせっせと口にはこんでいるのが皇女の一人娘、すなわちアキレウス・ケイロニウスの現在唯一人の孫である。金褐色の巻き毛を左右ふたつに分けて結び、白い小化をあしらった水色のドレスをまとったマリニア姫。その顔立ちはもう幼児と呼べないぐらいはっきりしてきた。近い将来母親の美の宝冠を受け継ぐにちがいない。人形のようにととのった目鼻だち、綻びかけた蕾のようなくちびる——

「あー、あー……」

この少女は言葉を持たなかった。ヤーンの負わせしさだめだが、大きな愛くるしい瞳は、他の同じ年ごろの少女とかわりない無邪気な光を浮かべている。

ケイロニア皇帝と食卓を囲む、もうあと一人は——マリニアの父親でも伯父でもなかった。

黒衣をまとう選帝侯ロベルトもまた、イグレックの呪いゆえ光を持たぬ身だ。大帝にお相伴して肉まんじゅうをひとつ摘んだだけで、はちみつ酒を炭酸水でわったものを前に食卓のさざめきにしずかに耳をかたむけている。

アキレウス帝は孫娘の衣裳に眼をほそめた。

「これもサルビア・ドミナがこしらえたのか？　マリニアはどんなべべを着せても似合うのう。みごとに着こなす。まこと中原一の姫さまだ」

マリニアはにこにこ機嫌がよいが、オクタヴィアの美貌はかすかに翳った。

サルビア・ドミナはパロ内乱を機にケイロニアに店を移したデザイナーだ。ケイロニアの貴婦人をみちがえるほど垢抜けて華やかにしたのは彼女の手柄とさえ云われている。

高評を耳にして大帝は孫娘のドレスを誂《あつら》えさせた。デザイナーははりきって何着も凝った美しいデザインの服をつくった。

中でも、濃いすみれ色の生地に繊細なレースと金糸とビーズをほどこしたドレスは出色の出来だった。「まるでロザリアの花の精か、ちいさな暁の女神のようですわ。これほど愛らしくお美しい姫君はクリスタル・パレスにもいらっしゃらないわ。もし仮にリンダ女王と亡きアルド・ナリス様が王女様をもうけられていたとしても、マリニア殿下には太刀打ちできないと思いますわ。ほんとうに、なんて紫色が品よくお似合いのことでしょう！」

パロ聖王家にも出入りしていたデザイナーの最大級のお世辞は、オクタヴィアの胸を痛めずにおかなかった。紫色がパロの王族にこのまれる、その身を何よりひきたてる色と知っていたからだ。青い血はマリニアのうちにも流れている、その父親から受けついだものはふとしたささいな所からも、あらわれてしまうのか。

（アル・ディーン王子、マリウス……）

美しい絹のドレスを箪笥《たんす》の奥にしまいこんだ時のなやましさをオクタヴィアは思い出さずにいられなかった。

「あら、いけない。お時間だわ」

オクタヴィアは窓にうつったイリスを見てにわかに慌てだした。

「今夜中にナルド伯爵の奥方に、肉まんじゅうの作り方を教えることになってますの。大帝陛下ご絶賛の肉まんじゅうをたくに作ってあげたいけれどうまく出来ないと、お嘆きなので実地でコツを教えてあげる約束をしたんです」

ナルドは宰相ハゾスの右腕といわれる優秀な外交官だ。

「そうかそうか。マリニアの相手はわしとロベルトが務めるから安心して行ってきなさい」

「お父様、お願いいたします」

オクタヴィアは愛娘をだきしめ頬にくちづけた。

「お母さんが帰ってくるまで、いい子にしててちょうだいね」

女官をとも連れに外出するオクタヴィアをアキレウス帝は見送ってから、

「ナルドの妻子がサイロンから移ってきてからもう一年が経つか」

「――はい。早いものです」

黒死病の初期、グイン王の指示で幼子を抱える者から優先して七つの丘に避難させられたのだ。

ナルド伯爵は政務で風が丘の黒曜宮に詰めねばならぬことが多く、月に数えるほどしか光が丘の屋敷に帰ることができない。料理好きな愛妻との間にマリニアとおない齢の息子がいる。大帝もロベルトも知るところだった。

「この光が丘は平穏だ、いい温泉もわく。この上なき終《つい》の栖《すみか》だと思っておるよ」

これにロベルトは悲しげにほほ笑んだだけだ。

たてつづけに欠伸《あくび》をもらすマリニアを大帝は膝に抱きあげると、「お姫さまはもうおねむか？」

巻き毛の頭を撫でられるうち、マリニアはすうすうかわいらしい寝息をたてはじめる。

このようすを臣下に見られたら、ケイロニアの獅子も隠居生活ですっかりたががが緩んだと思われたろうか。

「――ロベルト」

アキレウスの声音が変わった。一瞬で獅子心皇帝の英明と果断をよみがえらせる。しかしその声音は深く憂いをおびていた。

「黒曜宮の庭園で起きた事件のことだが」

「女官長が二人、いたましい事故に遭ったことですね」

グイン王は七つの丘のすべてに急使をたて、詳細を伝えると共に警戒を呼びかけていた。倒れてきた石像に頭を打ち付けたコーディリアは意識をとりもどさぬまま息をひきとり、深い穴に転げ落ちたサーティアのほうは正気をなくし――廃人となってしまった。

「ふたりとも口やかましかったが愛すべき者だった。昔なじみだったのだ。わしが皇太子に立った披露目の席で敷物の折り山にけつまずいた失態を知るのもあれ達だけだし、婚礼の式典でサリア女神にそなえるろうそくを倒して消してしまい――その後こっそりクムの公女は男のようにいかつくて苦手だと泣き言を云ったのはサーティアだったか……。むろん宮廷に果たしていた役割も並々ならぬものがあった。その者たちが二人ながらにむごい目に遭うとはなんの呪いかと思う。老いたる者のろうそくが衰えやがて消える──それは自然の理《ことわり》だが、このような悲惨な幕切れを望む者などいないし、まずけっしてあってはならぬ、暗澹《あんたん》たる思いを深めておる」

「今回のことをグイン陛下は重くみられ、後宮と周辺の警護を強化すると仰せですね」

「うむ。本日密書を受け取ったが、サーティアの落ちたというのが自然に出来た穴とは思えぬそうなのだ。しかも正気をなくした老女官は、しきりにあるものの名を唱えていると」

「あるものとは？」

「トルクだ」

「トルク……」

黒びろうどのような目がみひらかれた。

「信じられん話だが、錯乱したサーティアは『トルクが、トルクが』としか云わぬそうなのだ。大ねずみの掘った穴にころげ落ちた可能性があるらしい。グインがサイロンの下町で国王騎士団ともども襲われたのも途方もない数のトルクであり、化け物トルク──ミャオほども大きなそやつは、鎖帷子《くさりかたびら》をものともせずグインの腕に齧りつき手傷を負わせたと云う。この事件から黒曜宮は全力をあげてねずみの駆除にとりかかる手はずだが、光が丘も警戒をおさおさ怠るべからず――で結ばれておる」

「トルクの禍《わざわい》がサイロンから風が丘へ、さらに光が丘にも及ぶことをお大帝陛下は心配されておいでですか？」

「わが星稜宮は直属の騎士団と屈強の衛兵に護られ、館うちには近衛のアーリン子爵はじめ小姓近習、腕のたつ者がひかえておるが、ジャルナから移り住んできた貴族高官の妻子のことがある。もし子供らに万が一のことがあったらと思うとな……」膝の上で寝息をたてる者につと目を落とす。

「黒死病では多くの幼い命が犠牲になったと聞く。この上トルクなどに害させてはならぬ。グインならば必ずや退治てくれようが、心配は心配だ。ロベルトお前はしばらく黒曜宮にでむかんでよいぞ」

「――はい。陛下のおおせのままに」

　端正で優しげな侯爵は、大帝に乞われ星稜宮に留まってひさしくローデスに帰っていなかった。病を得て気弱になった主君をおもんぱかっての付き添いである。ローデスは諍《いさか》いとは無縁の土地で、姻戚関係にあるベルデランド侯ユリアスが北方タルーアンに睨みをきかせている――とはいえ献身的なおこないであることに間違いない。争いごとを好まぬ穏やかなミロクの僧のような性格は、貴族や他の選帝侯からも敬意を払われている。一度の妻帯もないが後継にハゾスの次男アルディス公子が決まっている。

「しばらく黒曜宮はトルク問題にかかりきりでしょう――ですが、お声が曇ってらっしゃるのはその件ばかりではありますまい」

しずかだが鋭い指摘だった。

「ロベルト？」

「カストール先生が玉体のおみたて役なら、このロベルト、陛下――アキレウス様のお心を聴診する者と自負しております」

「耳のよいやつだ」ぼやくように、「――そうだ。使者から密書を受けとった時、妾姫の出産にはまだ早い――よい知らせではあるまい、ならば闇が丘のあれに下された処刑の沙汰書だろうと疑ってしまったよ。このところ、いつかいつかと怯えておったからな」皇帝の声は苦々しかった。

「だが耳のよいお前ならとうに聞きつけておろう。幽閉された後もひどくなる一方のあれの噂は。良人《おっと》たる者を呪い罵《ののし》り、まるで悪霊憑きのようだと聞いておる」

「御意」恭順してからあわてたように、「処刑の沙汰書など――シルヴィア様を断罪など、グイン陛下がなさるはずありません」

「そうだ、グインは慈悲深い、大将として一国の王としてもそれはあっぱれな資質だがそれこそあやつの《シレノスの貝殻骨》だ。わしが同じ立場なら、おのれの妃でもとうに切り捨てているだろう」――星辰の間での裁判を思い出してか、口もとを険しくひき結ぶ。

「シルヴィア様が、グイン陛下の《シレノスの貝殻骨》だと？」

「そうだよロベルト」アキレウスは優しくさとすかのように云った。

「まちがいなくケイロニアに一時代を築くであろう英雄、偉大な帝王グインの――わが娘は最大の弱みとなり、先行きなんらかの害をなすにちがいない。あの娘のしでかしたことがゆくゆくやっかいの種となる、予測できぬほど耄《ぼ》けてはおらぬ。だがそう思うぐらい辛いこともない、生きながら胸をえぐられる気さえする。娘の父として、サリア神殿にて花嫁に祝福の米をふりかけた者として……。だが老いたりといえわしは皇帝だ、万世一系ケイロニウス家の長であり、大ケイロニアの獅子心皇帝アキレウス・ケイロニウスであるのだから、決断を下せるうちに下すことこそ、ヤーンの示す正道ではないかと思いもするのだ」

「それはあまりに……」非情な決断だ、ロベルトは口のなかでつづけた。

「だが出来ぬのだ、グインの沙汰を怯えながら待つことしか。あの不幸な娘を、病んだ魂という牢獄から解放することにもなる決断がどうにも下せぬ。心弱いおいぼれと笑ってくれロベルト」

「陛下……」

繊細な手をさしのべ、老いた獅子の手に回してくるみこむ。

「それでこそアキレウス様、ロベルトの敬愛する御方でございます。……よかった、ほっとしました。笑うものですか、あなた様はケイロニアの最も尊い、十二神すべての加護をうけ帝位に就かれた獅子心皇帝アキレウス・ケイロニウスにほかならない」

しばらくしっかりと握っていた両手をそっと離す。

この深刻きわまりないやりとりの下にあっても、おさない寝息にかわりはなかった。

「時にロベルトお前のことだ、シルヴィアの狂態のほかにもうひとつ――ゆゆしき風評、いや風評というには生々しい噂を知っておろう？　ハゾスには何回も問い質したがそのつどはぐらかしおる。シルヴィア付きの女官と侍女全員を東塔に収監せねばならぬいかなる理由があったのだ？　中に貴族の娘がおってその兄がわしに特赦を願い出てきたのだ。ハゾスがついに釈放も面会さえも許さなかったのは、けっして他言されるわけにはいかぬ秘密をその女官が知っていたからではないか？　ああ、あれが馬丁を愛人にしていたの、サイロンで漁色にふけっていたなどはキリアン男爵もとうに知っておった。別の秘密があると考えてよかろうな」

ロベルトは答えなかった。

「亡くなったコーディリアが以前『シルヴィア様のお腹には赤子がいたのではないか、それも産み月がせまっているようにお見受けした、もしあの時期に堕ろしたりしたら母体もただでは済むまい。宰相殿は無理に手術をして――シルヴィア様はああも酷いことになったのではないか』と云ってきおった。その間いちども王妃宮にわが娘をたずねなかったことを、その時ほどわしは悔やんだことはない」

それでも、ロベルトのくちびるは引き結ばれたままだ。

「ハゾスは時に磊落《らいらく》や軽妙を装うが、あれほど四角四面で堅苦しい男もいない。その生まじめさが黒曜宮の規律をたもっているのだが、その潔癖な男が、シルヴィアが乱行の末に子を宿したと知れば、逆上から無茶を通したこともじゅうぶん考えられる。汚らわしきは女の業と思いつめ……。シルヴィアを不憫におもう一方、わしは処理にあたったのがハゾスであったことが哀れに思えてならぬ。かっちん玉とは、堅物を揶揄するものだが、それはけっして情を解さぬ冷酷を云うものではない。ハゾスも生きながら臓腑をちぎられる思いで、ケイロニアのためグインのためよかれと思い赤子を殺めたとわしは思っておる」

「いいえ！　ハゾス殿は非道なことなどなさっておりません」

ロベルトは否定した。マリニアがびくんと反応するほどはげしい調子で。

アキレウスは、ロベルトの黒いぬれぬれとした瞳をみつめていたが、

「ハゾスは殺めていない？　そうかロベルト、赤子は生まれたか。シルヴィアの子は無事に――？」

「ちがうのです、ちがう、シルヴィア様の御子は……」

ロベルトは声を震わせた。アキレウスの誘いに乗った形であったが――シルヴィアの

妊娠という事実をはからずも認めてしまっていた。

「云ってくれロベルト、あの不幸な娘は子を宿していたのか？　云ってくれ、父親が誰であろうと、パリス某であろうと構いはせぬ、老いゆく者にとって新しい命は特別なかけがえのないものなのだ。わしは知りたいだけなのだ、皇帝の血をひく男児なり女児なりがケイロンの地に産声をあげたのか」

「大帝陛下……」

ロベルトは声を詰まらせ、そして――

もしそれが演技であったなら、俳優《わざおぎ》も及ばぬ迫真の名演技だった。

「ロベルト」

アキレウスは不思議なものを見せられたように、

「――なぜ、泣く？」

光をうつさぬ双眸《そうぼう》からあふれだしたものは頬にしろい筋をつけていた。

「おかわいそうだからです。シルヴィア様も、お子様も……わたくしは生まれながらにルアーの光をしりません、ですが肉親の情と、アキレウス様そして宮廷の方々のお心に触れることでここまで人がましくなれたと思っております。なれど赤子はシルヴィア様のお腹のなかで……闇の川を此岸《しがん》へ渡りきることなく……」

「ロベルト、それは……シルヴィアの子は死産だった……ついに産声をあげることはなかったと申しておるのか」

「母はわたくしと妹を産み落としてみまかりました。線のほそい女性《にょしょう》で、双子の出産は命の保証はしかねると医師に云われていたそうです。母はその命を賭してわたくしと亡きリディアをこの世に送りだした。母親の愛とはかくも深くはげしきもの。その赤子を亡くしてしまわれたご息女の悲しみと痛みを思うと……わたくし……」

盲目の選帝侯はひとしきりすすり泣いた。

「子を亡くした悲しみゆえ、わが娘は狂気におちたと申すか？」

「御意」

「ロベルト……」ため息は深重《しんちょう》だった。

「このことをグインは知っておるのか？」

「……いいえ。宰相殿は、シルヴィア様のお腹は想像妊娠によるものとし、グイン陛下にもそうお伝えしたと聞いております」

「その子は――いや、聞くまい」知ったところでせんなきことだと思い直したように、

「ヤーンが皇帝家に授け給うたのはこの娘《こ》だけなのだな」

大帝はつぶやき、膝の上で眠れる幼き者に目をおとした。

＊　＊　＊

窓の外にはイリス——

しかし政務に追われる者たちに青白き女神を愛でる余裕などない。黒曜宮のいくつかの窓が夜通し明るいままなのはべつだん珍しい風景ではなかった。徹夜明けの文官が御前会議でひっくり返るという椿事《ちんじ》も一度ならず起きている。グイン王は臣下の過労に心を傷め「休憩と睡眠時間は削るべからず」を内規に付け加えたが、文官の長たるランゴバルド侯ハゾスが率先してこれを破っているのは公然の事実——。

そのハゾスの執務室である。

天井にもとどく巨大な書類棚には、ケイロニア全土の産業や経済など各分野の状態を報告させた《帝国白書》が収まっている。グイン王の改革案を実行にうつすため宰相が集大成したものだ。ただし正常な報告がなされたのは猫の年のはじめまで。黒死病による人口の激減、さらに強力な黒魔道師たちがサイロンを抗争の舞台としたのだ——凄惨な被害情況ばかりが何百頁にもわたって綴られることになった。

しかも黒翳《こくえい》が去ってもサイロンの経済は容易に回復しなかった。風評もあったものか、他国の商人、また他の選帝侯領の者までが二の足をふむようになったのである。

人口と通商が減退すれば、当然ながら税収は落ち込む。

追い討ちをかけるように黒死病によるおびただしい死者の弔いにかかった費用、打ち壊された家屋や城塞の修復にかかった費用——ハルス経済長官いわく「すべての騎士団を十年養える国費《ラン》が猫の年に食いつぶされた」今や黒曜宮の体裁を取り繕うのがやっとという有り様。

それでもグイン王は増税をよしとしなかった。サイロンの困窮を支えているのは各選帝侯領からの義捐金《ぎえんきん》というのが実情である。

宰相ハゾス・アンタイオスのもとに寄せられる被害の実情、修繕費の見積もり、借り入れ明細──それらすべてがケイロニアという獅子の満身創痍のありさまを物語っていた。切れ者として知られる宰相にも、これほどの、国家レベルの赤字を埋める方策がおいそれと考えつくものではなかった。睡眠返上で机に向かう彼の青筋たてた額からは今にも煙がたちのぼってきそうだ。

その殺伐とした執務室の壁に場違いにあでやかな姿があった。

豊かな金髪と青い瞳、毅然とした美貌──アルビオナの肖像画だ。アンテーヌはドミティウス家の女主人にして歌劇「アイリス城のアルビオナ」のヒロインである。彼女は血塗《ちまみ》れの短刀を手にしている。侵略者であるヴァイキングの首長《おさ》に操《みさお》を望まれ初夜の床で討ち果たすが、ただ一度同衾《どうきん》した相手に情をうつしてしまった……。

愛ゆえの痛み、魂を引き裂かれた女の表情を画家トートスはじつにみごとに描ききっている。

長らくハゾスはこの肖像を秘蔵していたが手放すことになる。アキレウス大帝と賭けをして敗けたのだ。その賭けとは「地上に豹頭人身の戦士が存在するか?」現実家の彼は存在しないほうに賭けた。そして老将ダルシウスに伴われ黒曜宮に初出仕した豹頭の戦士と、生涯の出会いを果たしたのだ。

それからしばらく絵はシルヴィア皇女のもとにあったが、皇女が父帝に絵をせがんだのはハゾスを困らせてやろうという少女じみた意地悪にすぎず、絵のことは忘れさっていたようだ。パロ遠征に赴いた夫の帰還を待つ日々に荒んだ心を絵画で癒すこともなかった。醜行発覚で王妃宮から女官や侍女を連行した際、物置で埃をかぶっていた絵に側近が目をとめ黒曜宮に持ち帰った。ハゾス自身は大帝に返却するつもりでいたが、側近は気をきかせたつもりでグイン王に「侯爵家で所蔵されていたもので権利がございます」と申し出たため正式に返却され執務室に飾りつけられた。

アンテーヌ族の女王であったアルビオナはこの時すでに身ごもっており「アイリス城のアルビオナ」のアリアとは、母親が生まれくるわが子へ複雑な心情を歌いこめたものなのだ。

怒りとも悲しみともつかぬ感情をやどした女の瞳、真っ青な——それにハゾスは目をとめたまましばしその場に立ちつくしていた。

執務室の扉が叩かれるまで。

4

「ハゾス、まだ切り上げずにおるのか？」

わずかに苦笑をふくんだ、柔らかな声音がした。

「……陛下」

夜も深まった頃豹頭王が宰相を訪ねてくるのは珍しくない。むしろ徹夜がつづくと煮詰まっているところへやってくる、じつに頃合いよく。困るのはこれだけの巨軀の持ち主が扉を叩くまでまったく気配というものを感じとらせぬことだ。

「あまり根をつめるな、体を壊してもならぬ」

そう云うグインこそ、いつ休息をとっているかあやしむほど――日に何十もの報告書に目を通し、新令の草案を書き、問題が起きれば即日打開策を講じ政治の舞台でも遺憾なく超人ぶりを発揮している。

「なんの、二日や三日眠らぬぐらいで参るほどやわではござらんよ」

ハゾスは心やすく云って、笑った。

「難航しているのは、ジャルナ地区の水問題だな」

グインは執務机にひろげられた工事の見積もりに目を落としていた。

黒魔道師どもは市民生活に欠かすことのできぬ設備まで破壊していた。

もとはタリッド地区によい湧き水があり、ここからジャルナ地区へも水道を通していたのだが、イグ＝ソッグの蹄《ひづめ》に管を破裂させられた上、魔道の影響か水源まで枯れてしまった。急きょ別の井戸を掘り、タリッドと他の地区はそれでまかなえたが、山の手ジャルナ地区は新たな水源を得られず、ようやくみつかった水脈は風が丘寄りで人規模な水道工事が必要であった。水道を復旧させぬことには避難させた市民を戻すこともできぬ。家族が離れ離れになっているのはナルド一家だけではなかった。

だがその工事費の工面がつかないのだ。

「この上はランゴバルド、アトキア、ワルスタットの人頭税を増やし、増税分で補てんしようと考えています」

「ランゴバルドには本年初頭にも増税をねがった、年に二度の増税は民の生活をひっぱくさせ心を荒ませる。アトキアもマローンが選帝侯の直轄領の収穫をすべて黒曜宮の半期の維持費にあててくれたばかりだ。ワルスタットにはそこまで負担をしいていないが、ディモスには自領とサイロン、パロ・クリスタルを行き来する旅費を全額まかなわせている」

「陛下は、他の選帝侯を頼るおつもりですか?」

「うむ、いたしかたあるまい。幸いケイロニアは広い。そしてサイロンから遠ければ遠いほど今回の禍の影響はうすい。俺はアンテーヌとベルデランドへ――本来なら往訪し、領主選帝侯に頭を下げて無心するところだが――借用願いを送るつもりでいる」

「借用願い?」

ハゾスは目を剥いた。この時代、皇帝から冠をさずけられた王が、臣下である選帝侯に、頭を下げて借金を申し込むなど常識をはるかに越えている。

「借りるのだ。むろんきちんと利子も支払う。サイロン――ケイロニアの中心、皇帝の出自である大公国の土地がらをこのままにはせぬ。かならずや再興させる。そのために必要な金品だ堂々と――いや借金は借金だ、それなり遠慮はみせねばならぬがサイロンが立ち直れば他の選帝侯領も恩恵を得るはずだ。その点を了承してもらうにあたって、まず遠隔の砦から落とそうと思うのだ」

「いつもながら卓抜したお考え、その豹頭からひねりだされる妙手ときたら……。このハゾス目から鱗の剥がれおちる気がいたす。たしかにベルデランドは豊かな森林資源を有し領地を接するタルーアンとの通商も良好のようだ。ベルデランド侯のユリアスはタルーアンとの混血であるからか、蛮族との駆け引きに長じていると以前から云われてますしね」

「ユリアスの幼なじみであるロベルトによれば、遠隔の地ということで年番をまぬかれているぶんサイロンへの想いは厚く、書状でいつなりと大帝陛下のお役に立ちたいと云ってきたそうだ。そのことが机上のみの私案を実行にうつす後押しとなった」

「ローデス侯ロベルトから……」

　しらずハゾスの声音はくもった。

「ロベルトは、まるでこの胸のうちを――見抜く力をそなえておるようだ」

　王衣の上からも解るたくましい胸の心臓のあたりをハゾスは見つめていた。

「ロベルト殿は……たしかに優れて思慮ぶかい……ケイロニアには貴重な深遠な考えの持ち主であると、このハゾスもつねづね……」

　常日ごろと別人のように歯切れの悪い股肱《ここう》に、

「その云いよう、おぬしはローデス侯にわだかまりでもあるのか」

　内心ぎくりとしながらもそこは施政者である、

「……や、ロベルト殿をあげつらうなどとんでもありません。大帝陛下は《天使》とおっしゃるが、私も聖人とはこういう人物を――出しゃばりすぎず、ここ一番でしずかに正鵠《せいこく》を射ぬいてのける方こそ云うのだろうと思っております。お体ゆえか常人にない感覚をお持ちでそこは神秘的だが……。このハゾスも大ケイロニア最高の官位をたまわる身、中原諸国から切れ者の評判をとり、何よりも豹頭王陛下の股肱と呼ばれる自負と誇りがあります。陛下がロベルト殿のご意見を重んじたからと嫉妬にはかられませんよ、ははは」

いささか態《わざ》とがましい笑いをつけ足す。

「俺の考えすぎか、すまぬハゾス」グインは率直だった。

そのトパーズ色の目は壁の美女に移されていた。ハゾスも肖像に目をやり、

「アンテーヌ——問題はそちらですか、やはり」

グインは肯定も否定もしなかった。

アンテーヌ侯、選帝侯の長老格であるアウルス・フェロンは、アキレウス帝に次ぐ実力者である。先年、中原の新興国——イシュトヴァーンが一代で興したゴーラ王国——へ特別使節団の全権大使として赴いた。ケイロニア－ゴーラ間に和平条約をむすぶためだ。

老いてなお剛健なノルン海の覇者は、王都イシュタールにおいて、かつて沿海州の提督であったカメロン宰相と膝を交え、イシュトヴァーン王不在のため調印にこそ至らなかったが歓待をうけ帰途についた。

しかしアンテーヌ侯は、黒死病を避けたという言い訳はたつが、国政の中枢である黒曜宮に入らず、その頃生死を危ぶまれるほどだった大帝を見舞うことさえなく、赤い街道をサイロンを素通りしてアンテーヌに戻ってしまった。会見の報告をしたのは、使節

団副団長のベルーク公爵である。

　今に至るまでアウルス・フェロンはアンテーヌ領に閉じこもったきり――よって和平会談の詳細をグイン王は侯自身から聞かされてはいない。

　アンテーヌはケイロニアで唯一海という玄関口をもっている。今回の禍の影響を最もうけていない。逆読みするならばサイロンや黒曜宮の困窮を無視し切り離すことができるということだ。タルーアンのヴァイキングの末裔で、ケイロニア建国の際さいごまで頑強に抵抗したのがこのアンテーヌ族なのだ。とはいえアウルスは長年大帝に添ってきた腹心であり重鎮である。黒死病を怖れるあまり、忠誠心に翳さしたと考えたくないのは豹頭王その人であろう。

「ディモスがパロに発つ前に、いちど舅どのを見舞わねばと云っておりました。その折りにでも打診させましょうか」

「ワルスタット侯に借金の打診はさせられんさ。俺はナルドを――おぬしの事務方でも群を抜いて弁のたつあれを派遣しようと考えている」

「はい、私もナルド伯が適任であろうと思っておりました。アウルス殿は本当に体調をくずされているのか、それとも別に何か深慮があって引きこもっているのか？　ナルドなら一万ランと共にひきだしてまいることでしょう」

「一万ランとはふっかけるものだ、宰相殿は」

豹頭王は再び吼えるように笑った。

ハゾスもうって変わって晴れやかに、「こと山っけに関しては、豹頭王陛下を手本にしておりますからね。いつもながら鮮やかでしたたかなお手並み——ですが、老婆心から申しあげます。まつりごとにかまけて、ヴァルーサ殿をさびしがらせてはなりませんよ」

「夜は必ず後宮にはいると約束した。このところヴァルーサも女官どもも、トルクを恐がっているのでな」

「トルクには困ったものですね。黒曜宮をやさがししてねずみ穴をふさぐのも難儀ですし」ハゾスは深く考えもせず云った。

「殺鼠剤なら、明日にもマローンが薬師の家を訪ねることになっておる」

「アトキア侯たる者が、わざわざ出向くのですか？」おどろいたように眉をあげる。

「この件はマローンとカシス医師団のメルクリウスに委任しておる。マローンは、引っ込み思案のニーリウスを黒曜宮に登城させるための迎えだと云っておった。母親の家をでたことがなく、自信がないと申し出てきたらしい」

ますますハゾスは呆れ顔。

「薬師までひきこもりとは、新たなケイロニアの流行り病なんでしょうか？」

「そうも云うまい、ハゾス。ニーリウスも、アンテーヌ侯にしても、それぞれ事情あってのことと思う。事情を汲んで、協力をねがう――それこそ今われらの為すべきことだ」

「……しごく、もっともです」ハゾスは殊勝げに云った。

深夜の密談はそこで終わった。

後宮に渡る豹頭王にむかって、これで三日ぶりに寝台で体がのばせそうですと笑った宰相は、晴朗な仮面の下にまだ大きな問題を隠していた。

地下牢から脱走した囚人のことだ。王妃シルヴィアの愛人、ケイロニウス皇帝家にとってゆゆしき秘密の生き証人――パリスの魔道じみた逃亡劇を豹頭王に一切報告していなかったのだ。本来ならまっさきに伝えねばならないところを、王に図った隠蔽工作まで知れてしまうことを怖れ――事件について何ひとつ豹の耳にいれずにいた。

不義の王子の存在を隠すことに頭を占められハゾスは大きな失策を犯していた。地下牢の岩盤を掘り抜いたものと、風が丘の地下で異変をひきおこした犯人との関連――そやつが引き起こす別の新たな禍を予測できていなかった。

異変は、丘ひとつ離れた場所で起きようとしていた、光が丘なる星稜宮にて。

ナルド邸にでかけたオクタヴィア《ディヴァン》がもどってこぬうち、マリニアは完全に寝入ってしまい、アキレウスは手ずから長椅子に運び毛布をかけてやりながら、この先どれほど美しい娘に成長するか、その折りはまた婿とりに頭を痛めることになるのかなどとロベルトに語っていたが、肉まんじゅうを食べ過ぎたせいか、安楽椅子にもたれかかるとこっくりこっくりしだした。

ロベルトは小姓を呼ぶこともなく、用意されたひざ掛けをとって馴れた手つきで主君の胸の上からかけてやった。盲目の身だが、ここ一年ばかりとどまっている離宮内部の何がどこにあるのかだいたい把握している。部屋の広さ、扉や廊下まで歩数はどれぐらいか、調度など標《しるし》になるものの位置、生まれそだったローデス城のようにすっかりおぼえこんでいたので不自由は少ない。

夜半は冷え込むから暖炉を燃やしているが、それさえなく真の闇の世界であっても彼だけは困ることはなかったろう。

暖炉の薪のはぜる音と、アキレウスのいびき以外きこえてこない居室で、黒衣の選帝侯はひとりじっと座っていた。夜のしじまと同化したように佇む、それが彼の常態でもあった。

その気配、いや空気にまじりこんだ異変のしるしを感じとれたのは、常人にない鋭い感覚ゆえであった。

――なにか？

ロベルトは、空気のながれにのってきた異質なにおいを嗅ぎ取った。かすかにそれは獣くさかった。

まさか、と否定する。宮殿の奥の間に、厩舎のにおいが漂ってくるはずがない。いや、と首を振る。馬の体臭ではなかった。彼はいっそう鼻をしかめた。それは悪臭といえた。

それから数分《タルザン》もしないうちだ。

扉のむこうから、女官の悲鳴じみた声があがったのは。

「ああっ！　急に灯が――どうしたことっ」

廊下の灯が消えてしまったようだ。

おなじように怪しがって当惑する小姓たちの声も混じる。突風のしわざか、他に不手際でもあったのか、召使いたちは「暗い」「まっくらになってしまった」と口々に騒いでいる。とはいえ声は厚い扉の向こうのこと、大帝の目覚めをさそいはしなかった。

ロベルトはしばらくじっと耳をすましていた。

女官と小姓たちの混乱はなかなか収まらない。廊下の燭台は、壁のくぼみに一定の間隔で置かれているはずだが、そのすべてが一斉に消えたとでも云うのだろうか。

ついに若い女官が泣きだした。

「何も見えないわ、こわい！」

ロベルトは卓上の呼び鈴をとりあげ、扉へいくとリンを鳴らして、

「チトー、何が起きているのです？　こちらに来て報告なさい」

ローデスから連れてきている小姓を呼んだ。

しかし――

控えの間にいるはずの小姓からいらえはなかった。

それどころか最前まで、灯をもとめ廊下を右往左往していた者の声も気配も絶え――

あやしい胸騒ぎをふり払うように、ロベルトはことさら声を張り上げる。

「チトー、チトー！　いないのですか？　アーリン殿、お近くにおられませぬか？　誰か――誰もいないのかっ」

リンを何度も響かせ、細いがよく通る声で呼びつづけたが、誰からもいらえはない。

むろんはせ参じる気配もない。

ロベルトは不安をおぼえだした。彼自身はどんな運命でも従容《しょうよう》とそれを受けいれる一種超越した精神の持ち主で、それゆえ高僧にも喩えられているのだが、今この時は病身の主君、それに幼いマリニアがいる。風が丘での悲劇を知らされたばかりでもある。この異変が何かおそろしいことの前触れだったら……想像すると顔から血の気がひいた。

「アーリン子爵、騎士殿――おのおのがた、大帝陛下をお護りする持ち場にもどられよ！」

声をかぎりに叫んでも、誰からも応答はなかった。

闇の中に、ロベルトはぼう然と立ちつくしていた。

　びくりと、リンを振る手を止める。その時何ものかの気配が彼の脇をすり抜けて――堅牢な離宮の内部に微風など過るはずがないのに――室内にはいりこんだのを感じたからだ。

　ふり向いたロベルトは、瞽者《こしゃ》の鋭い感覚で、室のなかの温もりが急激にうしなわれるのを感じた。薪のはぜる音が、暖炉の火勢もろとも衰え――やがて消えた。

　――なにが、この部屋で起きている？

　ロベルトもまたケイロニア人だ、魔道やあやかしの類いは信じておらず、じっさいに遭遇したこともない。だが――離宮に詰める者たちとこの部屋の者たちを遮断し、室内の火気を瞬時に奪いさるなど、超自然の力にしかできないことではないか？

「アキレウス様、陛下！　お起きくださいませ」

　壁をつたい寄って、安楽椅子の主君の肩をゆさぶる。

　しかしアキレウスは昏睡から覚めない。

　焦燥にかられながらロベルトは、ついにあやしの本体を捕捉した。

　それの気配は食卓の上にあった。

「チュウゥッ」

　ひと鳴きで――いや、それが並のトルクのものでないことは、尋常でない強いにおいが教えていた。

——大トルク！

思わずうめき声を漏らしそうになる。

ロベルトはアキレウスを起こすのを諦め、安楽椅子の前に立ち自ら盾になるようにしてテーブルの上の妖獣と対峙した。

その発する体臭だけでも、脅威であった。

一匹だけなのか？　それでもまだ周囲に神経を張り巡らせる冷静さは残していた。——他に仲間はいないようだ。だがどうすれば追い払える？　ふだん必要さえ感じたことのない懐剣の柄をにぎりしめ——思い惑う。殺生ごとは嫌いだった。たとえそれが害獣であっても、命あるものを屠《ほふ》ることはできれば避けたい。聖人と呼ばれる選帝侯には殺生戒のようなものが備わっていた。

アキレウス様に害をなさなければ、このまま居室から——宮殿内から立ち去ってくれればよい。

「チュー」

ロベルトのこの内なる声がきこえたものか、はじめ威嚇するようだった大トルクの鳴き声が変化した、宥《なだ》められたかのごとく。

——わたしはお前の敵ではない、危害は加えない、出ていっておくれ。

ロベルトは胸のおくで念じた。

「チュ、チュ……」

獅子変じてミャオの喩えのように、さきほどまで害意を発していた大トルクがすごすごと後ずさるのがわかった。

しかし――

「あー、あー……ッ」

――マリニアさま！

いつの間にか目を覚ましていたらしい。言葉に不自由な幼姫は、暗闇におびえてか、泣きそうな声をあげたのだ。

「チュウウッ」

これに大トルクはふたたび威嚇するような鳴き声になる。

――いけない！

「う、うええッ」

マリニアが泣きだした。

「チュゥ――！」

その鳴き声は、どう猛な獣が絶好の獲物をとらえた時のそれだった。

ここに及んでロベルトは何も考えていなかった。テーブルの幅や、位置もろくに測らず、とにかくマリニアの盾になろうとやみくもに動いた。

ガチャン！　瓶か壺かにぶつかって、中の汁がこぼれ衣にかかったが気にもとめなかった。

「あー、ああっ、うー……」

マリニアがにじり寄ってくるのがわかった。

「マリニアさま！」

ロベルトはなんとか部屋を横切り、しがみついてきたちいさな体を抱きしめる。

ほっと安堵の息をついたものの、トルクは？　大トルクはどうしてしまった、逃げ去ったか――？

思った瞬間だった、右の足首の上あたりに激痛が走ったのは。

大トルクだった。発達した門歯で齧りつかれたのだ。

気が遠くなるほどの苦痛だった。

頭のかたすみに、懐剣のことが過ったが、たとえ手にしていても今の自分に振るうことはできそうもないと思いなおした。

苦痛に歯を食いしばりながら、ロベルトは両手で足に齧りついた獣をそのままの形におさえつけ、

「姫さま、大丈夫です。獣はもう動けまい。この間に、チトーかアーリン子爵を呼びま……ツッ」

「うえッ！　うう、ううー」

ちいさな体がいっそう強くおしつけられてくる。ロベルトは耳の不自由な姫君が、暗闇の中でどれだけ不安でいるか思いやって、

「大丈夫です。マリニア様はこのロベルトがお護りいたします。ですから、お泣きにならないで——」

ちいさな手が、彼のくちびるにあてられたのでくり返し云った。

「泣かないで下さい」

「う、あ——」

マリニアは泣きやんだ。ロベルトのくちびるの動きを読んだのではなく、彼の献身をこの少女なりに全身で感じとったからにちがいない。

ちいさな手がロベルトのくちびるから額に移された。その手の平は柔らかく、すこし冷たかった。——激痛と熱をなだめるように。

（マリニア様……）

彼はかすかにほほ笑むと、祈った。トルクがこの一匹だけであることを。ならばこのまま抑えつけておけばよい。たとえ片足を食いちぎられようとも、その間気をうしなわずにいればよいだけだ。

半ザン、一ザン近かったろうか。苦痛の汗にまみれ、歯をくいしめる者に時間は永劫

のようにも感じられた。

——やがて、廊下の向こうから聞こえてきた。

「マリニア！　マリニア——ッ」

娘の名を呼ぶオクタヴィアの声だった。

帰館するや否や異変に気づき、燭台の炎をかざし愛娘をもとめ駆けよってきたのだ。深い闇も、あやしい呪力も、母であり剣士である皇女を惑わせはしなかった。オクタヴィアは、ためらうことなく短剣でトルクの顎をこじあけロベルトから引きはがした。ロベルトは足を失わずに済んだが、オクタヴィアが部屋に入ってきた時、（マリニア様はもう大丈夫……）意識を手放していた。

警護役の武官や小姓の呪縛も解けたが、大帝だけは昏睡から覚めない。急ぎ侍医が呼ばれる。騒ぎのさなか、マリニアは大きな感じやすそうな瞳に涙をいっぱい溜め青ざめたロベルトの顔を見つめていた。

＊　＊　＊

暁の女神の裳裾《もすそ》に夜の名残りが払いのけられ地上に朝がきても、そこには闇の支配がつづく。地下深くに設けられた暗渠《あんきょ》である。

とうの昔に使用されなくなり忘れさられた、水と云えばわずかばかりの汚水が溝をちょろちょろ流れているばかり、水路というより巨大な地下道というべきかもしれない。壁のレンガとレンガのすき間にヒカリゴケでも生えているのか、ぼぅとした光にあやしい蝟集《いしゅう》が浮かびあがっていた。

黒っぽい灰色の毛皮が絨毯のように敷き詰められている。トルクの大群である。

異様なのはトルクだけではなかった。群の中央に男が一人いるのだ。

トルクの体毛と似た色あいのマントをまとい、フードですっぽり頭をおおって魔道師めいているが、胡座《あぐら》をかいて座っているのをトルクが同心円を描いてとりまいた様子は、トルクをしたがえた《王》であるかのようにも見える。

その頭上であやしい光が明滅をくりかえす。

「……うるさい」

フードの男はいらだったように、頭の上にあるものを手で払うしぐさをした。

ククク――と含み笑う声が闇のどこからか響いてきた。

男は、闇に向かって、苦しげに呻くように云った。

「俺は……復讐……ない……、俺は……ひめ……シル……アさま……どうされている?」

(みかけに似合わぬ、騎士の心を持っておるようだな。私怨も復讐心すらない、ただひとえに――一人の娘が気がかりでたまらぬとは、フォッフォ切ないのお)

耳障りな笑いが消えると、ふたたびあやしい光が、男の頭上ににじむようにひろがった。

「ああ……シル……シルヴィアさま！」

《トルクの王》は、そこに聖女か女神の像が映しだされたかのように、悲愴な、愛惜にみちた声をしぼりだした。

第三話　サイロンの挽歌（一）

1

復興の槌音が鳴りひびくサイロン市内――。

冬の間は、盆地をとりまく七つの丘から強い風が吹き下ろしてくるので、瓦礫《がれき》をとりのけ荷車に載せて運んだり、道路をなおすためツルハシをふるう工事人夫はことさら辛い思いをしなければならなかった。

その《ダゴンの都》の空気もやわらぎ、麗《うら》らかな光が差す日もふえてきた。

それでも夕刻はまだまだ寒い。

飯場にはいった若者は凍えた手指に息をふきかけている。

「新入りさんよ、こっちさ来て火にあたっぺし」

焚き火の前に座ってさしまねく男にはベルデランドなまりがあった。

「ありがてぇ……」つぴっと袖で洟《はな》をふき火のそばに寄る。年かさの人夫から熱い茶を貰いうけると、「すんません、おやっさん」

「わしはこった寒さ屁でもね」ベルデランドはケイロニアで最も北に位置している。

「だども南のほうから来なさったお人には応えっぺし。あんた、くにさどちらだ?」

「サルデスです。先月サイロンに出てまいりやした」

「そっか。ここはよくしてくれるべ、食うもんには困らねぇし」

「ええ」

「毎度ごちそうだべし。鐘が鳴るごとに交代もさせてくれる。毛皮やりっぱな長靴も支給してくださる」

古株の人夫はみな豹頭王様のおかげだと云って、ヤヌス十二神のひとりのように拝たおしているが、ベルデランドの男もその口のようだ。

「この前激励にきなすった若い侯爵様も、何か足りないものはあるかって、気づかってくださった。こったありがてえ話はないっぺし」

火のぬくもりと熱い茶で人心地ついたサルデスの若者は、ぽつりとつぶやく。

「……けど、穴掘りのほうは今日も進まなかったすよ。親方はしぶい顔してた」

とうに地面の氷は溶けてるのに、地面が堅くて掘り返せない。依然水道工事は難航している。

「ツルハシが折れちまうほど堅いとは、どうしてだかな?」親爺も首をひねる。

「どうも、この辺りの地下に昔からある別の水道管にぶち当たってるみてえです」

「はあ、そったなことあるか？」

「親方の話じゃ、サイロンには大昔、皇帝のご先祖が住んでいて、その宮殿の遺構やら、つかわれなくなった下水管が埋まってるらしい。それが工事の邪魔をしてるって。昔の――大公国時代の図面でもあれば、はかどるのにとボヤいてやした」

「そんなこったら、マローン侯爵様や、それこそ豹頭王陛下に訊いてみたらいいっぺ」

「そうですかね」

サルデスの若者は思う――サイロンでは、なにかというと豹頭王さま豹頭王さまだが、どんだけ力のある王様でも出来ねえことは出来ねえんじゃないか？　げんに黒死病にはなす術《すべ》がなかったと聞くぜ。

ここには若者らしい懐疑心も混じりこんでいたのだが。

（サイロンの地下には皇帝の一族だけの秘密の抜け道が掘られていて、それは婿である王にも秘密とされているのだという噂もある。豹頭王グインはもとはといえば皇帝家と縁もゆかりもない風来坊の傭兵で、つまりおいら平民とちがわない、ひょっとしたらもっと賤《いや》しい生まれなのかもしれない。

それが王様にまつりあげられたのは皇帝の息女といっしょになったからだ。だが皇女様は重い病気――噂だとつむりの病いで、宮殿からうんと離れた場所に閉じこめられてると聞く。王様はそれをいいことに若い妾を作ったとか……。大帝や古くからの家来にあまりよく思われてないだろう。

そうさ、いくら豹頭王でも、この広いケイロニアのなにもかもを自分の掌のうちで転がせるほど才覚があるとは思えねえ……）

チュウ。

トルクの鳴き声がして、若者のもの思いは中断された。

「うあっ！」

叫んだのはベルデランドの男だ。

同時にじゅっと灰神楽の立つ音、もうもうと舞いあがる白煙。焚き火に湯飲みを落としたのだ。

「おやっさん、どうしたってんだ？」

「いまの見てねえのけっ」

「トルクだろ？　隅を長い尾がサーッと横ぎっていった」

「でかすぎる！　ミャオぐれえあった。もしトルクだったら化け物だべし」

「化け物トルク……」

若者も青ざめた。飯場の中に灰色の獣はもはや影もかたちも見当たらなかったが。

「前から噂だったが、わしゃ今初めてみた。いやたまげたなんのって……」

「サルデスではトルクは黒死病の使いと云われ怖れられてる。ちいさくても気味がわるいのに、そんな大きいやつがいるなんて、サイロンはまるでドー―」

若者は云いかけたが口をつぐむ。この街は災厄から立ち直り復興しようとしているのに縁起でもないと思いなおしたのだ。

けれど――

黒死病の流行、上空に現われた巨大な顔、さらにその上化け物トルクが出るとなれば、サイロンは邪《よこしま》なものに魅入られていると疑っても仕方ないだろう。

＊　＊　＊

おなじサイロンの早朝だが、こちらはうって変わって暑い――どころか熱気のこもったパンを焼く厨房である。

「まだこね上がんないのかい？　えい、ほんと、役立たずだねえ！」

五十がらみだが、心意気は若い娘にも負けるきがしない、日ごろから広言している〈青ガメ亭〉の女将ロザンナである。

「ユーリィ！」

怒鳴られている――ロザンナ本人は叱っているつもりは毛頭ないのだが、なにせ気がつよく言葉が荒い。その上男以上にさばさばした性格なものだから、はたで聞いても激励にはきこえない。やせ形の男はむっとした顔つきでいる。

こちらは三十半ば、見ようによっては翳《かげ》のあるいい男だが、どことなく末枯《すが》れた感じがある。うんと年上のロザンナのほうが活力にあふれて見える。

ユーリィと呼ばれた男が厨房《ちゅうぼう》のまん中にある大きなテーブルでガティの粉をこね、ロザンナがカメのかたちに成形して、巨大な石窯《いしがま》に入れて焼き上げている。

焼き上げられたばかりの、ほかほか湯気のたつパンは、底が簀の子《すのこ》になった専用の容れ物に並べられる。それがいくつも重ねられてゆく。一時は売り上げ不振で女将を嘆かせたものだが、道路工事の飯場から大量の注文がまいこみ、一気にてんてこまいの大忙しになったのだ。

「義姉《ねえ》さん、こんなたくさん……」ガティの粉袋を恨めしげな目でみつめ、「もうひとりいないと無理だって」

「何、泣き言いってんのさ！　サイロンをなんとかしようって人たちに食べてもらうんだよ。張り合いがあるってもんじゃないか」

「だからってよォ、俺こういう仕事にゃ向かないんだよ」

細面のとがった顎に粉をこびりつかせている。

「ほんと、情けない男だね！　ベルベディアのダリルなんてうんと細っこかったけど一度も文句いったことはなかったよ」

この女将、人手が足りないとなると、副業でやっている下宿の店子まで駆りだしたのだ。

（……その下宿人だって、黒死病で死んじまったり故郷に帰っちまって、もう誰も残ってやしねえじゃんかよ）

パンを成形していたロザンナは耳ざとく聞きつける。

「何ぶつくさ云ってんのさ、ああでもほんとに……今ここに下宿人たちがいてくれたらねえ。アウロラさんなんて、日ごろ剣術《やっとう》で鍛えてるだけあって、この倍こねさせてもへいっちゃら——ほんと頼りになったよねぇ」

「……あの大女か。けど意外にどぢで油をぶち撒けたりとかしたよな」

「まぁたそんな云い方して、ああいう美人と夏祭りで踊りたかったんだろ？」

「ケッケケッケェッのケーだ！　俺はああいうでかいのは好みじゃねーの、花に喩えりゃマリニアみてえな可憐な娘っ子がタイプなんだよ」

「そうかい、そうかい、口ではなんとでもお云いよ。でも手は休めるんじゃないよ。あと十スコーンは練らないと、今日のぶんは終わんないよ」

「くそっ、鬼ばばあ！」

なかばヤケになってこしの強いガティ粉を麺台にたたきつける。

このユーリィという男——。

もとは軍人だった。健脚で乗馬も巧み、ケイロニア軍飛燕騎士団に仕官した。第一次ユラニア戦役の折りにはツールス准将の伝令部隊で重用された。戦線がサルデスからユラニア国境へ――移りかわる戦況を、皇帝いましサイロンの黒曜宮まで届けるのは、魔道師を擁さぬケイロニアでは、伝令部隊の任務だった。

しかし時の黒竜将軍ダルシウスは雪のアレイエにて病臥《びょうが》、膠着《こうちゃく》する戦況にさしもの獅子心皇帝も焦燥を隠さなかった。よってファイオス将軍はことさらひんぱんに戦況報告を命じていた。

ここで一大椿事《ちんじ》が起きる。真冬の国境地帯を前に足踏み状態でいたグイン副将ひきいる黒竜騎士団一万が忽然と姿を消したのだ。のちにそれはユラニアの首都アルセイスへと詰め寄るグインの奇策と判明するが、伝令部隊は一時パニックに陥った。この変事をサイロンに報告せねばならぬ、その早馬を担ったのがユーリィだった。ナタールの大森林を抜け百モータッド彼方の首府へ――。途中馬を替えるひますら惜しみ自前の足を駆った、真冬の凍りついた林道を。

二日足らずでサイロンへ到着しファイオス将軍に報告してのける。

しかし、この時の無理がたたって足を痛め腱を切ってしまった。悪いことは重なり以前から憎からず思っていたツールス准将の息女が、彼の療養中、見合いをして伯爵家に嫁いでしまった。手柄を立て出世の足がかりを得たら告白しよう、そこまで思いつめていたマリニアの花を永遠に失ったことにすっかり気落ちし、歩けるまでに回復するとそのまま軍籍を離れた。下町の実家に舞い戻り、亡兄の嫁が経営する下宿で不遇を託《かこ》つようになったのだ。

（ケッ、ケェッ――だ）

鬱屈したユーリィは練り粉をまるめた飛礫《つぶて》を、厨房の端をのそのそ這っている大きな青ガメ――ロザンナの可愛がってる――に投げつけた。カメが首をヒョイとひっこめたので、ガティ粉の塊は隅っこの床にぺしゃっとへばりついた。

チュッ。

それは食物を扱う場所ではあまり耳にしたくない鳴き声だ。

「う、へぇ……」

ユーリィは目を見開き、うめき声をもらした。

「何、へんな声あげてるんだい？」

「ねえさん……で、でたっ……」

粉だらけの指さきで部屋の隅を指ししめす。

「でたって何がさ？　あの人のユーレイかい？　ちょうどいいや、あんたァ、手伝ってくれ……ヒィッ」そこで息をつめる。

巨大な青ガメと、おなじぐらいの高さにそいつの背中はあった。さっきユーリィの投げつけた団子をガッガツ食べると、もっとないかという目をロザンナに向けた。熟したクラムの色をした、ぶきみな目にねめ付けられては肝っ玉女将も堪《たま》らない。

「ばっ、化けものォ――――！」

とたんに大トルクは厨房内を飛んだ。まるで羽があるかのように、濃灰色の影が麵台のロザンナに襲いかかる。

「キャアァ！」

ロザンナは絶叫して飛びはなれ、積みかさねたパンの容れ物に腰をぶつける。

「あいたた……」

「このっネズミ野郎！」

元軍人だけあってユーリィは生地をのばす麵棒をとってトルクにうちかかる。

大トルクとパン職人との、厨房は時ならぬ戦場となった。力まかせに振りおろす麵棒からひらりと身をかわすトルク。ガチャン！　ヒツジの乳をいれた壺が割れ、かさねた容れ物がガラガラくずれ、焼き立てパンが床に落ちる。

大立ち回りの末、妖獣は麵棒に擦《かす》らせもせず逃げ去った。

「……ハァハァ。ねえさん、大丈夫か？」

「なんとかね、助かったよ、ありがと」

「とんでもない化け物だったな」

「今のあれ、トルクなのかい。あたしにはそう見えたけども……」

「ああ。間違いなくトルクだ。ただしミャオよりでけえ。あんなのがもし群で襲ってきたら、それこそ豹頭王の騎兵だって堪ったもんじゃねえぜ、くわばらくわばら……」

身震いしながらも胸のうちでつぶやく。

（化け物トルクなんてのがなんで湧いてでてきたもんか、こいつぁひとつドール神殿の司祭の坊主にお伺いをたてるか？　ドールの名前を口にすると、義姉さんにまたぶっとばされかねないから、今夜にでもこっそり……）

ガティ粉だらけになった上、乳や卵の割れたのやらで、まるでひと戦《いくさ》あったような床を、例年よりはやく冬眠からさめた青ガメがのっそりのっそり歩いていった。

＊　＊　＊

一方――

タリッド地区からすこし離れた北サイロン区である。風が丘のふもとに近く黒死病の被害は比較的少なく、水道が使えず居住不可となったジャルナ地区の者が避難してきており、サイロン市内では比較的ましな――災厄前にちかい佇《たたず》まいと人々の往来がある。

ダゴンの祀《まつ》られた辻に、騎馬から降りた若き選帝侯マローン・マルティヌスの姿があった。マローンはなめし紙の地図をにらみ、濃い眉を八の字に寄せている。北サイロン区は家屋や施設を壊されたタリッドの住民を一時的に受け入れたため、以前の地図と住む者とがちがってしまい、それでなくとも下町のごちゃごちゃと建て込んだなかに目的の家をさがしあてるのに苦労させられた。

「かっかぁ——マローン閣下！　こちらです」

よく通る若い声がひびきマローンはすこしく顔をあからめる。徒《かち》の身軽さで細い路地から現われたのは護民官アサスであった。

（閣下といわれるには、まだまだの若輩者だぞ……）

そう口にだして止めることもできぬマローンではある。

土地勘のあるアサスに助けられ、どうにか薬師《くすし》ニーリウスの住まいをさがしあてる。御殿女医でヴァルーサの主治医でもあるマルスナの一人息子であり、母親は出産まで風が丘の外宮に滞在しているので、現在一人で殺鼠剤の開発に勤《いそ》しんでいるはずだ。マローンは研究者なる者をまぢかで見たことも、ましてや話したこともなかったが、ニーリウスの話がでた時グインから「有意の青年にまちがいなかろう」と云われたことで会ってもいぬうちから好もしい印象をもった。

しかし——

「直接会ったことはありませんが、そうとうな変わり者らしいですよ」

アサスによると、薬師は「重大なる研究中につき、周囲十タッド猫《ミャオ》の仔も立ち入るべからず、禁をおかしたるミャオは毒餌によって死すべし」という張り紙を門前にかかげ愛猫家から大ひんしゅくを買ったそうだ。

その家は古い石造りで、周りの家よりひとまわり大きく庭も広かった。

門前で声を張り上げてもなんの応答もない。

アサスは首をひねる。

「留守なんでしょうかねえ」

「そのようなはず、ないだろう……」

なにしろニーリウスのほうから云ってきたのだ。

黒曜宮、豹頭王陛下の御前にまかり越すのに一人では心もとないから、誰か……できれば年のちかいご家来の方を迎えによこしてもらえないか。付き添いがあれば登城できるような気がする。

この申し出は母親のマルスナから、カシス医師団団長メルクリウスを通じてマローンにもたらされた。成年男子としてはそうとうに甘ったれた頼みでこれにはマローンもめんくらった。いっそ豹頭王その人に相談しようかと悩みもしたが、メルクリウスからニーリウスという薬師の常識はずれの言行は今回ばかりではない、カシス神殿を放校になってからは、人嫌いにますます拍車がかかったようだと聞かされ、かえってじかに会ってみよう——人となりを知ろうと思い直したのだ。

だがここまでくると薬師の変人ぶりは一通りでないようである。

と、背後から声をかけられた。

「おやおや、りっぱな若い衆がおふたりして、どうかなさいましたかの？」

「無礼を申すな、この御方をどなたと心得おる！　マローン・マルティヌス閣下であらせられるぞ。今をときめくサイロンの復興大臣様、救世主にひとしいお方に向かって軽々しい口をきくでない」

気色《けしき》ばむアサスとうって変わって、マローンは小柄な婆に腰をかがめ穏やかな口調になる。

「本日は公務といっても権威ばったものではないから、そうかしこまらずともよい。お婆さん、こちらは女医のマルスナ殿のお宅にまちがいないですか」

「これはこれは大臣様でいらしたとは……平にご容赦下さいませ。そうですマルスナ先生のお宅です。わしはメイと申す、先代先生の頃より取り上げ婆をつとめてまいった者でございます」

ていねいなお辞儀をかえす。

「メイお婆さん、おれたちはマルスナ殿の息子ニーリウス君を黒曜宮に迎えにきたのだ。本人のたっての願いで……だが留守のようだ。ニーリウス君はどこかに行っているのだろうか？」

「ニル坊ちゃま……いえ、ニーリウス様がお家から出ることはまずありません。ここ何日も薬作りに専念されてたようですし、これは今にはじまったことじゃないですけど、中で倒れていなければ、研究のまっ最中のはずです」

「中で倒れているだと？」

毒となる薬を研究する、薬師が中毒していては話にならぬ。

「あやまって毒に中《あ》たるようなどぢではないです、坊ちゃまは。真剣になるあまり食事をわすれてひっくり返ったことがあるからですわ。でもお母様に頼まれわしが食事を作り置きしてますので大丈夫かと」

「ああ、そういうことか……」

マローンはほっとして云った。と同時にニーリウスもまた真面目の度が過ぎ自らを追い込んでしまうケイロン男らしいと知って共感をおぼえていた。

「ニーリウス君は根をつめる性質《たち》なんだね」

「凝り性なんですわ。それにこたびの依頼は、豹頭王様じきじきと云うじゃありませんか！　ニル坊ちゃま、以前から豹の王様をカシス尊《さま》に負けぬぐらいあがめていたんですわ。その王様の意にかなうためならそれこそ寝る間も惜しんでやってますよ」

産婆の言葉がマローンのうちに、グイン王を熱愛する邪気のない人物像をよみがえらせた。

「そのニル君……お話をうかがううち、おれにもうつったな」

「そう呼んでさしあげたら坊ちゃまは喜びます。それに大臣様はおえらい方なのに踏んぞりかえってないし、お顔もお声もやさしい好男子でいらっしゃいますから、きっと坊ちゃま気をゆるして……出てきますよ」

また妙な云い方をされ、ひっかかりを覚える。

「お婆さん、そのニル君だが、カシス神殿ではかなり上のほうにいたそうだし、齢もすでに二十二になると聞いているのだが……」

「紫の月がくれれば二十三でございます。この手で取り上げて、産湯もつかわせてあげました。とてもかわいい黒髪の赤ちゃんで、マルスナお嬢様がパロ男となんて……おかんむりだった先代先生もひと目でお気持ちがほどけたぐらい綺麗な赤児だったものですが」

「パロ？　マルスナ師の夫君は、パロのお生まれだったのか？」

「あれ、ご存知ないんですか？　マルスナお嬢様が留学されていた折り、恋仲になったのがアムブラの私塾の先生で……結局添い遂げられずに帰国されて、猛反対にあいましたが一人でも生んで育てると云いはって」

「ではニーリウス君は私生児ということになりますね」

アサスが口をはさむ。

「そうなんです。父親がいないこと他国の血をひくということで、カシス神殿では苛《いじ》めにあっていたそうなんですよ。教授方まで坊ちゃまがパロの魔道と通じたのなんのと云いがかりをつけて……」

「メイ婆！　余計なことは云わなくていいっ」

突然ひびいた声は中高く、いくぶんヒステリックだった。いつのまにか門と母屋の間にほっそりした人影が立っていた。今の叫び声は、濃紺のマントをまとってフードをかぶったその人物が上げたにちがいなかった。

「ニル坊ちゃま」

（やっと登場か、ずいぶんもったいつける）

アサスが小声で揶揄《やゆ》する。

「薬師のニーリウス殿ですね？　私がサイロン市の復興責任者で、アトキアを治める選帝侯マローン・マルティヌスです。よろしく――」

にこやかに歩み寄ったマローンはぎくりとして足を止める。フードのおくから放たれる視線が異常なぐらい刺々しい。喩えるなら、おそろしく警戒心のつよい動物が背中の毛を逆立てている、そのような感じだ。

「……マローンさま……侯爵さま……マルスナの息子で、ニーリウスと申します」

フードを俯《うつむ》けたまま、うって変わってひくい――暗い声音である。

「なんだ、マローン閣下に対してかぶり物をとらぬとは礼儀をしらん奴だな」

アサスは聞こえよがしである。すると再び、フードのおくから刺すような視線が放たれる。

「これは……ルアーの光に当たってはならぬ病なので。ご容赦ください」云って、ぺこりと頭を下げる。「僕の我儘をきいてあばら家にご足労をおかけして、心より感謝もうしあげます。仕事場に案内いたします、どうぞこちらへ」

やはり暗い――ドールの地底から響くような声をだす。

（メルクリウスから病のことは聞いていないが。これは、まことの変わり者のようだぞ）

先にたって歩きだした薬師のうしろで、マローンはひとりごちていた。

2

　ニーリウスに案内され、元は産院だったという広い母屋の地下にある薬師の研究部屋にマローンとアサスは降りていった。まるで穴ぐらのような空間に降りると、燭台《しょくだい》に火をともしながらニーリウスは説明する。

「この地下の部屋は、四面の壁と天井を土と漆喰《しっくい》で厚く塗りかためてあるので、たとえ実験に失敗して火がついたり、劇薬による事故が起きても、母屋や周りの民家に累が及ぶことはありません」

「ミャオ立ち入るべからず」の張り紙をしたのと同一人物とは思えない話しぶりだ。

「だが空気の通り道はつくってあるようだね」

「侯爵さま――はい。中心にもうけた管が煙突のように母屋の屋根までぬけていますので部屋に毒素がまん延するようなこともありません。これでも科学者のはしくれですから配慮してます。――おおかたそちらの護民官殿は近所の噂話をまにうけて、僕が世を呪って猫を毒殺してると疑っていたんでしょうけれど」ひややかな一瞥がアサスに投げられる。

「薬学の実験には毛なしトルクを使うものですよ」

明るくなったので、土蔵造りの部屋の内部がくわしく見てとれた。試験管などの道具類を目にするのはマローンもアサスも初めてで、興味に目をそばだてる。

壁につくりつけになった棚にはずらりと薬瓶が並び、それぞれルーン文字による表記がなされている。

「みだりに触れてはいけない！」

するどい注意をうけ、紫の小瓶を手にとろうとしたアサスはびくっとする。

「その瓶にはいっているのはダネイン産の毒蛇からとった猛毒です」

「――ダルブラの毒。中原でももっとも強力な……たしか解毒薬がないのだとか」

マローンは仔細げにつぶやく。

「その通りです。体内にはいったら即死します。全身に紫色の斑点がうかびあがり、むざんに崩れた死体は親兄弟、恋人にさえ見分けがつかなくなるそうです」

（こえぇっ）アサスは総毛を立て棚から身をとおざける。

「そしてこれがティオベの秘薬か？　はじめて実物をみる」

別の瓶の上級ルーン語を読みとりマローンは眉をあげた。人間を一定期間仮死状態にしておける秘薬中の秘薬、もともとパロの魔道師ギルドでもちいられていたものだ。

「――ええ。クリスタル解放の折り、ケイロニアの軍医はパロの宮廷医師と協力しあいそれは多くの傷病者の治療にあたったそうです。手術の際の麻酔薬として黒蓮とティオベは必要不可欠のものでした。なによりパロの医学技術は群をぬいて進んでおり、パロ内乱からこちらケイロニアの医学薬学に無視できない大きな影響をあたえたのです」

おのれの牙城にはいってから薬師の鬱々とした暗さはうすらぎ、口調からは知的な自信がうかがえるようになった。

「そのようだね、メルクリウス師から聞いているよ。そして君はパロの薬学を基とした論文をかいて、カシス神殿の上級薬師――教授連に邪道とみなされ、その結果放校になったということも」

「……………そうです」

それまでの自信にみちた態度が一変、フードごとしおたれたように見えた。

マローンは薬師をおもんぱかって穏やかな口調で切り出した。

「おれには薬学の知識がなくて、君の論文を読むには読んだけれど、なにが問題なのかしょうじき云って解らなかった。だが今回、黒曜宮が鼠害に苦しむにあたって真っ先に名乗りをあげてくれたことには感謝してるし心をうたれている。神殿は伝統やら権威やらしちめんどくさい考えにしばられがちのようだが、『貧民の子、売女であっても分け隔てなく助けよ』という医神カシスの言葉が神殿の柱に刻まれていると聞く。その教えに則《のっと》れば他国の技術であっても、苦しんでいる人々の役に立つのならなんの問題もないのではないかと思う。じっさい黒死病に罹患《りかん》した者を前にした時、悪魔の病を根治させる薬がここにあればと――最後の最後は神に祈るしかできず、剣も、爵位も何ほどのものか、おのれの無力さにうちのめされたからな」

復興相として、また一人の騎士として疫病とたたかった者の言葉の重みは相手につたわったようだ。しずかに聞いていた薬師はぶるりと身をふるわせると、

「いいえ！　侯爵さまがどれだけサイロンにお力を尽くされたか僕はよく知ってます。カシス神殿も必死に活動してたのに……ひきこもっていた自分をはずかしく思います。もう二度と後悔はしたくない、だから母からメルクリウス師に伝えてもらったのです。豹頭王陛下のお役に今度こそ立ちたい、薬師として働きたいと願ったのです」

「そうなんだね、やっぱり君は有意の青年だ――とグイン陛下がおっしゃられたのだ、会うのが楽しみだと」

「豹頭王陛下が……！　ほんとうなんですか」

感激と興奮からか、ニーリウスはマローンに飛びつく格好になった。

その勢いでフードがぬげ、さらりとした黒髪と共に、それまで隠されていたフードの中があらわになった。それを見てマローンはハッとした。

アサスもウッと声をつまらせる。

ふたりながらに驚かせ視線をもぎとったのは、若き薬師がつけていた異相の仮面《マスク》だった。

それは夏祭りで屋台に並べられる仮面のようにも見えた。じっさいには縁日で売られるものよりはるかに精巧で材質もしなやかだったのだが。ヤヌス十二神の仮面と並んで、サイロンっ子には人気のたかい、少年たちからは一番の人気をとっている——黄色い地に黒色のあざやかな豹柄、野獣の牙にひらめく炎の舌をもつ——豹頭王の仮面だったのだ！

＊　＊　＊

「わが身の恥をお聞き頂きまして、グイン陛下、ヴァルーサ様、心から御礼と——お詫びを申し上げます」

後宮の一室で、カシス神の象徴であるひいらぎ《カルモン》の葉の模様を織りこんだチュニックに医師のしるしの丸い帽子をかぶった中年の女は深々と頭をトげた。

ヴァルーサはというと、練り絹のゆったりした上衣に、胸までとどくふわりとしたパンタレットをつけている。妊婦であるからには生地は保温性に富んでいる。手首と足首の色とりどりの貴石をはめこんだ飾り輪が踊り子時代のおしゃれの名残とは云える。

クム生まれの愛妾は、一見おとなしそうな女医のなかなかどうして波瀾にみちた身の上話を、目を輝かせて聞いていたが、「恥なもんか、マルスナ先生はそのパロのがっこうの――先生と好き合って、はらんじまっただけのことじゃないか。たとえ相手に奥さんがいたって、惚れた男の赤ちゃんだろ？　生みたいと思って当然だよ。しかもちゃんと育てたんだから立派だよ。私生児とか云って差別する奴らこそどうかしてるよ！」

こうもあけすけに云われると女医は顔をうつむけずにいられぬ。

「これ、ヴァルーサ……お前はそう云うが、わが国では通例として、婚外子は正式な夫婦間の子と同等の待遇をえられぬことになっておるのだ」

この手の話は豹頭王もさすがに云いづらそうで髭をまげている。

「ふーん、そうなんだ。でも、それゆったらあたい達の赤ちゃんも同じことにならない？」

そろそろ目立ってきた腹をさすりさすり云いかえす。

「そう云われるとたしかに違いはないな」

グインは率直である。

「と、とんでもございません！　グイン陛下とヴァルーサ様との間にお生まれになるお子様とわたくしの息子を並べられるはずがありません」

「――そうだった！　前に女官に同じこと訊いたら、特別だって、あたいの生んだ子が男なら、アキレウス大帝がすぐにでも王太子にするからだって！」

「いや、それはまだ先のことで……」

グインの言葉を遮《さえぎ》る勢いで女医が云う。「そうです！　ヴァルーサ様にぶじ王子様を出産していただくことが、ケイロニア全土の希望であり全国民の願いでございます」

さすがにそこまで云われてしまうと、「ケイロニアぜんぶは、重たすぎるよぉ」

「わたくしとしたことがつい口がすべって……ヴァルーサ様、申し訳ございません」

「俺たちの子ではなく、マルスナそなたの息子の話であったのだろう」

「は、はい陛下。そのようなわけで息子のニーリウスはカシス神殿を逐われ、北サイロン区の実家にもどってまいりました。亡き両親が遺した産院の敷地は広うございますもので、そこで好きなだけ自分の研究をしたらと云ったところ、もう自分はだめだおしまいだ人前には恥ずかしくて出られっこないと云うばかりで、地下室にこもっていっときは食事も拒むほどでした。心配して宥《なだ》めたりすかしたりしましたが埒があかず業を煮やしたわたくしはつい……一度ばかりのしくじりで大の男がひきこもるとは情けない！　ニーリウスの名はカシス神ゆかりの賢人のものだが今のお前にはふさわしくない、もし豹頭王陛下からご用命とお召しがあってもこの母がお断りしてしまいますよ――云ってしまってから云いすぎた逆効果かとも思ったのですが、それでようよう息子は穴ぐらから出てまいり食事だけはとるようになりました。そしてわたくしがヴァルーサ様の侍医に推挙された折り、これより黒曜宮に詰めるようになるので身の回りのことは古くからの産婆に頼むけれど、そろそろ表にでることを考えたらと申したところ、仮面がほしいと云い出しまして――」

「仮面？」ヴァルーサは目を大きくする。

「そうなのです。仮面――それも黒曜宮の王様とおなじような豹の仮面をつければ、この生きているのが苦しく切ないぐらいの気分をおさえ宥めることができるかもしれないと云いだしたのでございます」

　ふしぎな話であったが、はじめての挫折によって心を病んだ若者の、そこにはこっけいと呼んではならぬやむにやまれぬ事情があったのだ。

　グイン――そしてヴァルーサも、ニーリウスが豹頭の仮面をつけ、やがて何をするにも外せなくなる経緯を母親の口から聞かされた。

「――でありますから、けっして不敬の念からではないのです。豹頭王陛下をお慕いするあまり、そのお強さ揺るぎなさの何十分の一かでも倣《なら》うことができるのではないかと思い至ったからなのです。あの子が仮面をつけたまま御前にまかりこしましても、それはけっしてけっして……」

　両ひざを床につけグイン王に懇願する女医の目は泣きだす寸前まで潤んでいた。

「で…ですから……不埒者《ふらちもの》と思われて、お怒りになりお手討ちになさいませぬよう……愚かな母親の一生のお願いでございます」

「……そういうことか。急に王さまに大事な話があるってゆうから、お腹の赤ちゃんに変わったことでもあるのかと思って、一緒にきかせてもらったけど、ホッとしたよ。ね、王さまも安心してるでしょ？」

ヴァルーサは無邪気な笑顔をグインに向ける。

「それに——怒りませんよね。豹の仮面をかぶってたって、王さまをからかうイタズラ者なんて思われるはずありませんよね」

「むろんだ」グインは愛妾に首肯《うなず》きかけてから、「だがマルスナ、子息のことで誰より心を傷めているのはそなたであろう。その仮面をとって、ニーリウスが心晴れてルアーのもとを歩むことこそ望んでいよう。そのために俺に出来ることがあれば協力を惜しまんぞ」

「とんでもない！　もったいのうございます。そのお気持ちだけで……いいえ——リウスの薬を黒曜宮に御用だてていただくことが、じゅうぶんすぎる温情であり力添えでございます。なにしろ今まで門から出たこともなかったのです。豹頭王陛下のおかげです、ありがとうございますありがとうございます……」

マルスナは床に何度も頭をすりつけ、ひとしきりすすり泣いた。

＊　＊　＊

マローンはニーリウスを愛馬の鞍前に乗せて黒曜宮の門をくぐった。

馬に慣れていないという薬師のために、護民兵に二頭立ての馬車を用意させていたのだが、この薬師ときたら、仮面をさらした選帝侯に命をあずけたとでもいうように、それはマローンがメイ婆が云ったように「ニル君」と呼びかけたせいかもしれないが、

「僕、死ぬ気で――家を出ますから。もう一年半ちかく門から一歩も出てないけど、外気にあたって空気をすうのも自信がないけど、豹頭王陛下が護ってくださると信じて――出ます。だからどうか、このまま黒曜宮にお連れください。マローン様、お願い申しあげますお願い申しあげます」

そうしてヒシッとすがりついてきたものだから、ひき剝がすのも酷に思われそのまま馬に乗せることにした。薬師はきゃしゃで痩せぎすのため愛馬にかかる負担はさほどではなかったが、ずっとしがみつかれているマローンには面はゆいものがあった。

門から奥殿に至るにはルートがいくつかあり、王に急な報せをもたらす時など取り次ぎの小姓にわずらわされることなく――あるいはこちらの場合が多かったが、あまりおおっぴらでない謁見、細作《さいさく》などが急ぎの報せをもたらす折りは主殿でも目立たぬ通り道がつかわれる。それでも他に類のない壮麗な宮殿の、ケイロニアの歴史にちなんだ絵画や彫刻が数多《あまた》かざりつけられた回廊は、もしニーリウスに周りを見る余裕があったならば息をのませ目をみはらせただろう。

あらかじめ豹頭王から指示されたとおり、マローンがニーリウスを連れていったのは、大広間ではなく、簡素な個室であった。

簡素とはいえケイロニアで最高に権威ある貴人の私室である。清潔でよくととのえられ、主人の人となりが反映され武人らしさが漂っている。大理石の小卓に天球儀、壁には中原の地図が貼られている。

「陛下——ただ今、薬師のニーリウスを伴い帰城つかまつりました」

マローンは片ひざをついて騎士の礼をとる。

その一歩後ろに控える、マントとフードにくるまった薬師はハッと身をすくめた。

書き物机のかたわらに立ち上がっている大きな男こそ、均整のとれたすばらしい戦士の体軀を王衣につつみ略式王冠を頭に戴いた——

「ハハーッ」

その威風になぎ倒されたかのように薬師はその場に這いつくばった。

「そのように畏まらずともよい。ニーリウス、会いたかったぞ」

王から最大級の外交辞令をうけて薬師はますます床に額をすり付ける。

「陛下……豹頭王グイン陛下……もったいなきお言葉を、たまわり……」

「顔を上げて、俺にみせてくれ」

とたんにびくんと、そこでやっとおのれの顔をおおっているものを思いだしたとでもいうように薬師はとめどなく震え、震えながらもフードを後ろにはねのけ、仮面をつけたまま王と向き合った。

トパーズ色の目がほそめられ、おのれのカリカチュールとも云える仮面に注がれる。

「そなたの母御から事情はきいた」

その声音は力強くやさしく——慈愛すら感じさせるものだった。

「……陛下」

「カシス神殿で何があったか、おおよそのことは聞かせてもらった。異国の——パロの血をひくことが不当な評価と仕打ちにつながったことは遺憾におもっている。だがそれで心をねじ曲げることなく、国難に立ち向かう意志をすみやかに表してくれたことに深く感謝している。ありがとう、ニーリウス」

「感謝なんて、もったいのうございます」

ニーリウスは震え声に思いのたけを込めるように、云った。

「ま、まだこれから……これから、陛下のお役に立つ所存にてございます」

途中、声は震えなくなった。豹頭王のそばにいることで得られる精神の安定、その何十分の一かの活力をわかち与えられるかのような、ふしぎなパワーの恩恵にこの若者も浴したにちがいなかった。

「そうか、ますます頼もしい。——ニル」

ずいと近づき、大きな掌《たなごころ》をその頭に置いた。

「陛下！」

ニーリウスはいまにも飛び上がりそうだった。

「それが愛称だと聞いた。――うつくしい黒髪だ」

肩にもとどく長い黒髪が一瞬豹頭王の目に懐かしむような光をもたらしたことなど、感激しきった薬師に思いおよぶはずもなかったが。仮面でわからないが半分はパロ人のものである肌をあかくしていたことだろう。

謁見の終わりしなに、グインは云った。

「ニーリウス、こたびの務めは黒曜宮後宮のみならずケイロニアを助ける大事なものだ。こう云ってもお前なら重圧にへこたれぬと信じて云うが、みごと務めを果たしたあかつきには、今までいつくしみ育ててくれた者のためにも、その仮面をとり素顔にもどってはどうかな」

「……はい、陛下」いらえは弱々しくなってしまう。

「俺は羨ましいのだ。お前には仮面の下に人がましい顔がある。はずそうと思えばはずすことができる――心から羨ましく思って云うのだぞ」

「――陛下」

初対面でグインがそこまで率直な、裸の心をうちあけるとは思いもよらぬことだし、それが王自身のコンプレックスとは優秀な頭脳をもってしても理解できなかったろうが、言葉のもつ深み、真実のみはっする強い響きに感じるものはあったようだ。ニーリウスはたじろぎ、そのまま深くうなだれた。

部屋を退出したニーリウスの肩をたたいたのはマローンだった。

「陛下がこの部屋に通して話をなさるのは気に入った——これからに期待を寄せられる臣下にかぎられているのだ。ニル、君は自信をもっていいぞ」

「ほんとうですか！　ありがとうございます侯爵さま」

はずんだ声音は少年めいて聞こえ、マローンを微笑ませた。

（おれはこの部屋で陛下に、復興相就任の件を直訴したのだ。縁起をかつぐようだが、これで早々に鼠害を解消できる予感、いや確信がするぞ）

その彼の知らぬことだが、かつて同じこの部屋で、豹頭の百竜長は、ケイロニア皇帝に初めて剣を捧げ神聖なる剣の誓いを結んでいたのである。

＊　＊　＊

グインにニーリウスが謁見していたのとほぼ同じ頃——

サイロンから馬で三日ほどの距離にある、イトスギやモミが繁れる森でのこと。

樹林を切りひらいて作った道を、あし毛の駿馬にまたがって疾駆する少年がいた。少年――と云ったがそろそろ稚《おさな》げで頼りなげな時代を卒業しようかという年ごろである。騎乗用の着衣もマントも、しなやかそうな革の長靴《ブーツ》も立派な貴族的なこしらえで、目ざとい者なら、馬具につけられたランゴバルド侯爵家の紋章に気づいただろう。ランゴバルドの森で愛馬を駆るのは、ハゾスの長男にして嫡子《ちゃくし》リヌス子爵であった。

このところ麗らかな日々が続いたので、ひさしぶりに近習らと遠乗りをした帰り道だった。

リヌス子爵は彼の一番の魅力である瞳をキラキラ輝かせていた。ベルトの物入れには本日最大の収穫、雪どけの森でみつけたルビーのような木イチゴが入っている。母ネリア夫人へのみやげだが、これで父ハゾスの好物の果実酒をつくってもらいサイロンに届けるのだ。このところ国元に帰ってこられない父親をおもいやる心の優しさがあった。

近習らを後方に引き離し、このままいけばまちがいなく――

（わたしが一番で城門をくぐるぞ）

少年らしい競争心が彼の瞳をいっそう輝かせていた。

日ごろ闘争心を剝きだしにすることがない、折り目正しい、母方の祖父である先代のアトキア侯ギランに可愛がられて育った「年寄りっ子」である。その彼にも猫の年サイロンを見舞った災厄は大きな心の変化をもたらしていた。親元でのほほんとしてはいられない、一日も早く宰相職にある父や豹頭王の手助けができるようにならねば。十八歳になったら父のもとで選帝侯嫡子として修業をはじめることになっていたが、自分から半年早めてもらいこの春からサイロンに赴くことが決まっていた。

　早春のすがすがしい空気と周りに広がるイトスギの香とを胸いっぱい吸いこみ、少年は少しく高揚感に酔っていた。高い梢《こずえ》のつらなりが切れれば、丘の上にランゴバルド城が見えてくる――あともう少しだ。

　悲劇はリヌスが愛馬にムチを入れた直後に見舞った。

　走路の中心に、両手でも抱えきれないほど大きな黒石が現われた。そう――誰かが置いたわけではなく――忽然と目の前に現われた。

　避けようがなかった。

　血統のよいケイロニア馬は恐慌におちいった。

　悲鳴にも似たいななきが上がった刹那《せつな》、蹄は黒石のあった場所に吸いこまれていた。石は忽然と消えていた――そこにぽっかり空いた大穴に、前脚をとられ、つんのめる格好で馬体は前のめりにくずおれた。

　次に上がったのは、馬がその命である脚を折った時の悲痛きわまりない鳴き声であった。

　その時すでにリヌスの体は鞍上《あんじょう》から振りとばされ、木の根の突きだした林道にたたきつけられていた。

すぐ後からきた近習が倒れ伏した子爵に気づいて、あわてて抱きおこすと、額がぱっくり割れむざんに血に染まっていた。

リヌス子爵、落馬による脳挫傷にて危篤！

ランゴバルド城からの急使が、主人のハゾス・アンタイオスに悲痛な報せを届けんと街道をひた走っていた頃、まったく別の方面より――傷ましい、いやおそろしい風聞がサイロン市にもたらされようとしていた。

それはまったく、誰ひとりとして予想もしていなかった大国の落日の始まり――リヌス子爵の悲劇さえ、その序章にすぎなかったとさえ後に思われた――ケイロニアという強大な獅子に捧げられる挽歌の最初の一節にほかならなかった。

3

ねっとり生ぬるい、爽快とは云いがたい風が路地裏を吹き抜けていった。

黄昏《たそがれ》のサイロン。下町ふうの狭い通り、四角い屋根のひくい家々がたちならんでいる。中には枯れしなびた蔦が塀から壁からびっしり蔓延《はびこ》りいっそう陰惨にみせている廃屋もある。その界隈だけは復興の手がまったくはいっていない、否ふれることもできず放置されたままだ。

なぜならそこは《まじない小路》——タリッドに寄りつどった魔道的なものの一大特区だったからだ。下手に取り壊したり改築工事などをして元からの住人の逆鱗《げきりん》に触れようものなら、どんな災厄がふりかかってくるか知れたものではない。たとえ豹頭王その人が騎士とともに赴いて、住人が一人のこらず消え去ったことを確認したとしても。

豹頭王はトルクの大群以上に、魔道師消失という事態を重くみて常時監視を怠らぬよう命じていた。

通りの入り口とタルム広場側とにわけて見張り番がおかれることになった。この任務には国王騎士団と護民兵が交替であたった。とはいえあれっきりトルクの大発生はなく、それを操っていたらしい魔道師の手がかりもつかめず、何を見張るべきか、何に警戒すべきかもあやふやなまま半月が過ぎようとしていた。

「いやにぬるっこい風だなあ」

二人一組で見張りについている護民兵だ。

「陽がかげってから吹きだしたな。真冬の風のがピリッとして俺は好きだな」

もうひとりの削がれたような痩身の男は、なにげなさそうにこたえる。

「ピリッどころか、うへぇってな、うすっ気味わるい風だぜ」

「そっか？　まじない小路だからそんな風に感じるんだろ。アサスの兄いから聞いた話だと豹頭王様ご自身が魔道師は一人のこらず消えたと宣言されたそうだぞ」

「そんなこたあ知ってるさ。だから魔道とクモが何より苦手だが、見張り番についてもいいやって……俺が怖がりなの知ってるだろ？」

「なんだ、そっちか？　でかい図体してしょうがねえなあ、付いてってやるよ」

「違わぁ！」巨漢は腕をふりまわす。「しょんべんじゃねえよ。いったん立ち退いたって、まじない師の家も看板もそのままならいつもどってきたってふしぎはねえだろ。それと……魔道師のユーレイが漂ってんじゃねえか、怨念とかそういうモンが……うへっ、思っただけで背中がぞくぞくしてきてもういけねえ」

「情けないやつだなあ」

「生身の人間やヒグマ《バル》なんかならこわかない。戦いようもある。だが魔道にはどうする術《すべ》もないじゃないか？　猫の年までケイロニアで魔道師がらみの事件なんて起きなかった……まじない小路の外まで出ばってくることはな。そう思うとどうにも心が頼りなく据わらなくなっちまうのさ」

「そっか」こんどは馬鹿にはせず、むしろ考え深げな声音だ。「お前さんの云いたいことはなんとなくわかった。俺のほうは、恐いってのとはまたちがうんだが、妹を黒死病で亡くしてるから、今の——戦いようがないってのは共感できる。どんなに憎いやつであっても仕返しできねえ悔しさってないよな。……妹のノンナはちっこくて、美人ってほどじゃなかったがこんな気立てのいい子は横町中さがしてもいないってぐらいでさ。ノンナを下さいなんて大馬鹿野郎があらわれたら拳闘で決着をつけてからだって息巻くと、兄馬鹿はお前だよって近所のおばさん連中にからかわれたもんだよ。それが——ドールのくそ野郎にかっさらわれちまった、まだ十四にもなってなかったんだぜ。今もときどき夢にみる。ノンナ、ノンナかわいかった俺の……もしドールの尻尾でもひっつかまえたら」男は拳をかため、「殴り殺してやりてえよ」

いきなり土塀を殴りつける。ぼこっと土壁をへこます。心の傷に触れた痛みをごまかすのに必要な一発だった……。

二人が云いあっているうち黄昏はますます濃く——闇が深まるにつれ、まじない小路から吹きよせてくる風には、面妖な臭いさえ混じりこんできた。

「——なんかほんとうに、いやな感じがしてきたぜ」

「ああ、みょうに臭いな」

二人は鼻をひくつかせる。

臭いの元をたしかめるためすこし早いが灯をつけることにした。ほくちから松明に火をうつす。明々と燃えあがった炎がまじない小路の入り口を照らしだした。

チュッ、チュー、チュウ。

狭い小路にうごめく何匹もの獣は、炎をうつし瞳をあやしく輝かせていた。

「おい、ありゃなんだ？」

護民兵はトルクの群れる路地の一点に目をこらした。

穴だ。まじない小路の狭い路地に穴が——それもトルクが掘ったにしては大きすぎる穴がぽっかり空いていた。

「あ、ありゃ…なんだ……」

巨漢は舌を縺《もつ》れさせ、せり出すほど大きく目を見開いた。

白っぽい長虫のようなものが大穴から湧きだしてきていた。

それが穴のふちを掴んで這い上がろうとする十本の指だとわかった瞬間、巨漢の護民兵は見張り番の呼び子――異常をみとめたら他の見張り番や駐在する国王騎士団に通報する――を吹くことさえ忘れさらに目を見開いた。

穴から這いだしてきたものに魅せられたように棒立ちになったのは拳闘好きも同じだ。

「うへぇ、で、でたあぁ……むぐ」

叫びかけた巨漢の口をさっとふさぎ、だまれ、おとなしくしてろ！　異常の元を見極めるのが俺らの役目だ、とささやく理性をまだのこしていた。

ずるり、ずるりと、穴から這いだしてきたのは人のかたちこそ留めていたが、かつて人間であったことが冒瀆《ぼうとく》とおもわれるほど酸鼻《さんび》なしろものであった。

貫頭衣を麻紐でくくった粗末な衣服は垢じみぼろぼろだが、まとっているのは体つきから女としれた。汚れ煤《すす》けてもとは何色だったかさえ解らぬ髪は、女官風の結い髪が崩れたもののようだ。女の幽霊――いや魂魄《こんぱく》だけの存在ではないと全身から発されるいとわしい腐臭がはっきり告げていた。白い、はじめ優美にみえなくもなかった手指の肉はふやけきっていて、ところどころ蛆が湧き、むざんに骨をのぞかせている。

（こいつは、ゾンビーなのか……）

その思いは叫びを封じられ目を白黒させている巨漢も同様だったようだ。幽霊を恐がる以上の――化け物に襲いかかってこられる恐怖に身をすくめている。

黒魔道によって甦った死骸がどれほど恐ろしい敵となり脅威となるか、かつてのユラニア戦役、ダンシネーンの森での戦いを黒竜騎士団の者たちは深酒するつど思い出し語ったので、護民兵たちにも恐怖はしみ込んでいたのだ。

こいつはやばいかもしれねえぞ、拳闘好きが呼び子をくわえたその時だった。

（……うた？　ゾンビーが歌ってやがるのか？）

歌っているようにきこえたのは、吹きぬける風の音のせいかもしれなかった。

歌とよぶには聞く者に陰惨な気分をもたらす――もし歌の心がかけらでもこめられているとしたら、それは怨歌《えんか》と呼ぶのがふさわしかったかもしれぬ。

――お恨み……お恨み申します
お恨み申しあげます……シル……アさまぁ
それは――腐肉をこびりつかせた口から、ぽろぽろ蛆をこぼしながら発されたそれは、思わず耳をかたむけずにいられない歌いだしであり訴えだった。

ずるり、ずるりと、ゾンビーは穴から這いだした四つんばいの姿勢のまま路地を這いずりながら、うめくように恨み節をしぼりだした。

お恨み申します……

あんなにお尽くししたのに……あたしをこんなひどい目に……

あなたさまは……ひどい……むごい方……むごい……シル……ア……

ゾンビーの声の調子が高まった。あきらかに誰かに聞いてほしがっているようだ。そここにこめられた――熱意が死人《しびと》にふさわしからぬと云うなら――執念が護民兵の耳に歌心としてとどいたのかもしれない。

あたしの名……ララ……こくようき……う……つかえる者

ここで護民兵は（えっ？）となる。乞食でももうすこしマシかと思うぼろをまとって、黒曜宮にいたなんてふかし過ぎにもほどがあると思ったからだ。

無実の罪で……獄につながれ……

じゆう……外のひかり……食べる物もなく……

そう歌われると、粗悪きわまりない衣が囚人のお仕着せに見えなくもない。この時代の囚人はよほど高貴な身分か擁護者に力がないと食事は日に一回でもいい方である。ふだんコソドロや酔漢を取りおさえる側なのでなおさらよく解っている。黒ずんだ皮が張り付いただけの骸骨の謂《いい》を護民兵はそのまますんなり聞きいれた。

お恨み申しあげますシルヴィアさま

あたし……クララの女主人シルヴィア・ケイロニアス

げっと、護民兵たちがおめいて後ずさったのは、ゾンビーが皇帝の息女の名を口にしたからではなかった。その名が死に腐れた肉体に賦活《ふかつ》のエナジイを注ぎ込んだとでもいうように、それまで這いずるのがやっとのように見えたのが、いきなり立ち上がったからだ。

乱れ髪をまつわらせた凄惨きわまりない顔が、まともにこちらに向けられた。白濁した双眸《そうぼう》が松明の炎を受けあやしく輝く――と、その片目がぽこっと飛びだし、眼窩《がんか》からチュッと顔をだしたのはトルクの仔だ。内部から食いやぶったのだろう、なかば腐った眼球が護民兵の足もとまで転がってきた。

「ウッ」肝の太いほうの兵士も吐き気をもよおさずにいられない。

お恨み申しあげます

クララと名乗ったゾンビーの怨歌はなおも続いた。

おのれの恨みを吐きだすそれだけではなかった、その歌い方は。暗い情念で聴く者のうちに分けいり、闇絵に墨絵の具を塗りこくるようにして、人の心の深奥に《黒い意図》を刷りこんだのだった。

ケイロニア皇女シルヴィア
大帝のむすめにして　豹頭王グインの妃
あたしの主人シルヴィア・ケイロニアスこそ
サイロンに大いなる災禍を　悲しみをもたらせし張本人
首府に毒のたねを播《ま》いてはびこらせし重罪人
シルヴィアこそ　ドールの使わしめ
シルヴィアが　サイロンに黒死の病をもたらした

悪魔　悪魔　売女の妃シルヴィアこそ！

（なんだと！）

黒死病に肉親をうばわれた者に、それは生きながら眼球に指をつっこまれたような衝撃をもたらしたのだ。

あれはおそろしい呪いだった

新婚の床から夫に出征された王妃は

性の餓えから　夜な夜な巷を徘徊し　男を漁り

みだらな情事にふけった

数えきれぬ数の男とまじわり

皇帝家の誇りも　豹頭王の名誉さえ地に落とし　けがした

悪魔　悪魔　売女の妃シルヴィアこそ！

片目を食い破られた酸鼻な屍《しかばね》は、胸に両手をあて、さながらカルラア神殿のステージに立った歌い手のように怨歌をうたいあげた。

あれはおそろしい娘だった

クムの毒蜘蛛を母にもち　生まれながらに魂を病んでいた

嫉《ねた》みひがみの塊は　長じて色欲《しきよく》の虜《とりこ》になり

もっとも下等な売春婦より　あさましい狂態を演じてみせた

姫君でなんかあるものか　皇帝家にドールがつかわした鬼っ子
悪魔の皇女　売女の妃シルヴィアは！
けがれた妃は乱行のはて　下賤の男の種をはらみ
産褥《さんじょく》の場で　邪神のささやきに耳を貸し
罪の子を生け贄《にえ》に捧げた
ドールと契約をかわし　死病のたねを手にいれた
情を交わした者を逆恨みし
サイロン中に黒死病のたねを播いた！
まちがいない　シルヴィアは悪魔
サイロンをドールに売りわたした売国妃！

ゾンビーの歌はそこでぷつりと絶ちきられたように、おわった。

吟遊詩人のキタラの伴奏も、むろん聴衆の喝采《かっさい》のあるはずもなかったが、それは——

その最後の文句こそ——

聴いた者のうちに恐ろしい、はかりしれない影響をもたらす《言霊《ことだま》》だった。黒死病に妹を奪われた男は、見るもおぞましい歌姫を見据えうめくように云った。

「本当なのか……今のは……もう一度、聞かせてくれ、本当に……か？」

白濁した片眼は宙をさまよい、問いかけがとどいているとも思われぬ。

彼は恐怖にまさる感情に支配され歩みよろうとし、巨漢の相棒に引き止められる。

「教えてくれ、化け物……いや女官様だったよな。あんたをそんな酷い目に――そいでサイロンにも……ひでえことしやがった畜生ってえのは？」

男の声は激情にうるみ、うち震えていた。

「……シルヴィア、ケイロニア…皇女にして……豹…王の妃シルゥ…ア…ケ…ロ…ァ……」

もう歌うような調子はなく、かさつきしわがれてさらに百年経たような声音だった。

「この国の王妃が、黒死病のたねを播いて――サイロンの人達を殺したってのか？」

しかしゾンビーはもう答えなかった。答えられなかった――が正しかったのかもしれない。朽ちた体をうごかしていた精気が尽きはてたというふうに膝から折れ、ぐちゃりといやな音がしたのはうずくまった拍子に骨が折れくだけたか？　人間にはありえぬ異様な格好でくずおれた。

そのぼろと腐肉の集積に、わらわらと黒い毛玉のようなものが取り付いた。にわかに湧きだした汚水《タル》のようなそれは黒い川となって屍を浮かし元の穴へと流しこんで消しさった。数秒とかけずに。

毛玉の正体がトルクであることは護民兵にも見てとれたが、そこに魔道的なものを疑うより何より――

男たちの心に強烈にきざまれ、感情を支配していたのは《売国妃シルヴィア》という怨歌のフレーズだった。

今歌われたことは真実なのか？　本当に王妃シルヴィアは乱交のすえ孕んだわが子を、ドールに唆《そそのか》されて供犠《くぎ》となし、死病の――黒死病のたねを手にいれサイロン中にばら播いたのか？

猫の年の大災厄を招いたのは豹頭王の妃その人なのか？

もし本当にそうだったなら――

（ぜったい、ぶっ殺してやる！　豹の王様が匿《かくま》ったってどっかにやったって、ノンナの仇！　かならず引きずり出して、なぶり殺しにしてくれる）

人の心奥からひきだされる黒い波動――くるおしい憎悪に支配され、双眸をぎらつかせ立ち尽くしていたのだった。


それはヤーンの悪意だったのか――それとも、やはりサイロンという都はドールに魅入られていたのだろうか。《黒い言霊》が広まる速さは黒死病をも凌《しの》ぎ、猛火が燃え広がり炎上するさまに似ていた。

その夜見聞きしたことを、二人の護民兵は護民兵だまりで待機していた組頭にもアサスにも何ひとつ報告しなかった。労をねぎらわれ心付けをもらって護民兵だまりを後にすると、巨漢のほうはそのまま行きつけの酒場に――拳闘好きのほうは思いつめた光を目に浮かべたまま、タリッドでも有名な口入れ屋で、奉公先の仲介だけでなく裏の情報にもよく通じているライウスという男のもとをたずねた。

　サイロンのことならなんでもござれのライウス、黒死病の最初の兆候に気づくやいなや、家族から飼い猫までも荷馬車に乗せ遠縁のやっている水が丘の温泉宿に避難してことなきを得た――が、疫病終熄後にタリッドにもどってくると「あの時は自分だけ助かって」と下町中の恨みをかい、だいいち人を介する商いをしていたのに人口の半分もやられては商売もあがったりで、すっかり尾羽打ち枯らしていたのである。

「知りたいことがある。ライウスあんたの商売にも関わってくる大事なヤマだから親身になって答えてほしい。そうおうの礼はする」と護民兵の男は切りだした。

　鹿の年に高貴な身分の人妻が下町で乱行していたという話を聞いてないか？――人妻の浮気など掃いて捨てるほどありそうなものだが、ケイロニアのしかも武官以上の家の妻女の身持ちのかたさときたら『純潔《ゼ》の女神《ア》の神殿でうけた貞操帯をしているにちがいない』と云われるほどで、不倫などめったにない。もしそのような噂があればライウスの耳にはいらぬはずがないと踏んだのだ。

「高貴な身分ですか……」ライウスは首をかしげた。「さきの護民官アウレリアス殿の年の離れた奥様がたいそう奢侈《しゃし》で派手好き、小間物商人に色目をつかったのなんだので夫婦げんかが絶えなかったとは聞いておりますが」

「アウレリアスは配下に示しのつかない行動をとった咎《とが》で更迭《こうてつ》された。細君はたしか卸し問屋の娘だ――そういうしょぼいんじゃねえ、もっと身分の高い大貴族の奥方の醜聞だ、俺が知りたいのは」

「貴族の奥方の醜聞ですか？」ライウスは足元をみるような云い方をした。

「先払いしたっていい」護民兵は懐から小袋をとりだし、古ぼけた店のテーブルに黄金《こがね》色のものをこぼした。一ラン金貨にはアキレウス大帝の横顔がきざまれている。口入れ屋はすばやくさらいとり金貨の端をかんだ。

「……本物だ、ありがたや」

「いいか、訊いているのは大事なことなんだ。もし適当なこと答えやがったらただじゃおかねえからな。俺はルアーの祭りの余興で、素手で雄牛を殴り殺したこともあるんだ」握りこぶしを口入れ屋の目と鼻のさきにつきだす。

「こりゃ、おそれいりやのなんとやら……腕っぷしのほうはお見かけで解りますよ。このライウス誓って嘘いつわりなんぞ申しやしません。鹿の年というと、黒死病の兆《きざ》しさえなかった頃ですな。ええ、貴族の奥方らしきご婦人が、夜な夜なサイロンで男を――それも強蔵《つよぞう》ばかり漁ってまわっていたという話はたしかにございましたよ」

「……強蔵だと？」

見下げ果てたという目付きで。彼もまた理想の女性像にゼアの女神をあてはめているケイロニア男だった。

「そうそう、そりゃあお盛んな、勇ましいご婦人だったそうです。年の頃は二十を少しでたぐらい、豊乳どころか鳥ガラのようだったそうですが。なんで詳しいかと云えば、この婦人とねんごろになった傭兵が国王騎士団でいざこざを起こしサイロンに居づらくなったのでダナエあたりの騎士団に鞍替えしたいと、その相談にのった時いろいろ聞かされましてね。件のご婦人は居酒屋に居合わせた十人からの男とお楽しみになられたそうですよ。あたしゃ聞いてお盛んを通り越した——狂ったふるまいだと思ったものですがね」初老のライウスに、面白がるような表情はなかった。

「売女以下だな、その行状に興味はねえ」男は獰猛にうなった。「知りたいのは、その女の素性だ。護衛もつれず馬《あし》もなしで夜の街にゃ出てこねえだろ？　馬具に紋章とかお付きがウッカリ名前をいっちまったとか……そのことは何も云ってなかったか」

「名前は聞いておりませんね。紋章には気をつけたんでしょうか。黒いマントにやはり真っ黒なドレスを着ていてケイロン人にしては小柄、金髪だが茶がかっていたから混血かもしれない。お貴族様が下女に手をつけ生ませた不肖の姫君のなれのはてだろうと傭兵は云ってましたが——そうそう《黒衣の貴婦人《よるのひめ》》と呼ばれていたらしい。その通り名の素人にショバを荒らされたと夜鷹が嘆いておりましたよ」

「さすがに地獄耳だ」男は感心したように云った。

「口入れ屋稼業は、このイグレックの耳こそ頼りでございます」

「その《黒衣の貴婦人》はいつ頃まで街に出てたって？」

「さようですね、あの年の夏祭りの頃にはリュナも――ってその夜鷹の名ですが――もう何も云ってきませんでしたから、その頃にはご亭主が乱行に勘づいたか、家宰《かさい》が座敷牢に入れたか……ま、そんなところでしょう」

「そのリュナという女郎は今も商売をしているのか？」

「あたしがタリッドにもどってきた時にはもう噂も聞きやしません。かわいそうに……気の回る、いい妓《こ》だったんですけどね。タリッドの夜鷹はみんな黒死病でやられましたから、きょうび辻でみかけるのはクムかキタイからの流れ者ばかりですよ」

（――ってことは、鹿の年の終わりか猫の年のはじめの出産で勘定があうか）

「キタイ人娼婦ってのはうちみたいなとこを通しませんもので、商売あがったりだ」

「愚痴にまでつきあってらんねえが、ライウス――一ラン張り込んでるんだ、もひとつ教えてほしいことがある。あんた聞いてねえか、豹頭王の妃が今どこにいるか？　なんでも重い病――黒死病じゃねえ、つむりの病気で風が丘の宮殿から移されたと聞いているが、それがどこなのか？」

「今や豹頭王様にはお妾がいることですしね。お妃様がいっしょでは、ケイロニアの英雄王もさぞ気詰まりでございましょう。とはいえシルヴィア妃は傭兵上がりのグイン陛下に冠をくださった方だ。あだやおろそかにはできない」

「世話ばなしを聞きたいんじゃねえ」シルヴィアの名、王妃という響きが男の目に凄愴《せいそう》な炎をもたらした。「——王妃は、売女の妃が今どこにいるかだ、風が丘に離宮でもつくって放り込んだのか、豹頭《ひょうあたま》のだんなはよ！」

割れんばかりに机を叩く。

「蛇の道はへびと申しましてね」情報屋は悠揚せまらずに、「家族して水が丘に避難していた時、近くにたいした情報通がいると耳にしまして、本職はぶどう作りで、農園の婿におさまったモールという男なのですが、あの一帯——ベルデ街道ぞいのことにやたら詳しい。お近づきの印にと付け届をもってその農園を訪れ会ってみたんですわ。そのモールから『つい数日前たいそうな仕立ての馬車と騎馬の列が闇が丘をのぼってゆくのを見た。丘の上にある館に身分の高い人物をうつす行列だったようだ。これは自分の勘だがあれは皇帝家の姫でなかったろうか？　お付きに女官のなりをした者が多かった』という話を聞きましてね。あたしもこういう稼業ですから気にはしてたんですが、なにせ遠縁に居候する身でそちらの用も足さねばならず、もういちど農園を訪ねたのはひと月のちでした。行くとモールのおかみさんが、だんなが行方知れずになってしまった、闇が丘の《闇の館》から夜ごと聞こえてくる夜泣き鬼《バンシー》の正体をつきとめると出ていったきり帰ってこないと、おいおい泣いているんですわ。そのおかみから聞きだしました。

モールが失踪する前闇が丘から聞こえてきたバンシーの声とはいったいどういうものだったのか？」

ここでライウスは間をとるように、いったん言葉を切った。先を云えと男が睨みつけている。

「それはまるで、狂女が泣きわめいているような――『ここから出せ、豹頭の悪魔！あたしが何をしたっていうの？　こんな所にとじこめやがってグインの畜生』そしてお父上アキレウス大帝に助けをもとめる声だったそうなのです」

4

　ライウスは得意げな目つきで男を見上げた。これだけの情報をはじめてしかるべき相手に売ることができた、披露できたという商売っけぬき純粋な快感もそこにあったのである。

「――そうかライウス、あんたのイグレックの耳、信じて馬鹿をみることはねえな？」

　男は深長に念を押した。

「ありませんとも。あたしの情報の正しさは、古女房とこれも昔から可愛がっている三匹のミャオの命を守りました、信じてくれる人にぜったい損はさせません」

「ありがとうよ、これは金貨のおまけだ。猫たちのエサ代にしてくれ」机に小銭のつまった布袋を置くと、立ち上がった。護民兵特有の織地をつかった袋をみつめライウスは云った。

「――今の話、ここだけにしておきますね？　胸ひとつにおさめておきますよ」

「いや、いくらでも誰にでもべらべらしゃべっちまやいい。売女の王妃は闇が丘の館におしこめられている。豹の王様を畜生よばわりしているが、その実自分こそけだもの以下の罪をおかした売国妃シルヴィアは――大罪の裁かれる日をそこで待っているとな」

言い捨てて戸口に向から背中に、ライウスは大声をだした。

「売国妃の、大罪のって、あんた……あんたいったい……何を云ってる？　何を知ってるっていうんだ！」

この男こそとんでもない情報を摑んでいるのではないか？　俄《にわか》に目の色を変えた情報屋をそのままにして、護民兵は足早に出ていった。ヤーンの呪われた娘が司る、憎悪と復讐心を胸に抱いて。

だが――

ティアの情熱が彼に行動を起こさせるより一ザンはやく、人心という薪の山の最も燃えやすい一本に火けつけられていた。

もうひとりの護民兵、巨漢の恐がりの、もっと云うと無類の酒好きは、悪夢のような体験を大酒で紛らわせようとするうち、隣についた酌婦《しゃくふ》に昨夜あった一切合切をしゃべってしまっていた。

「相方はよ、このことはけっして人に云うな。もし万が一ガセだったりしたら、こっ、こっか……国家騒擾《そうじょう》のかどで罪に問われる、まずウラをとってからだとくどくどいってたが、こんなこと胸のうちになんて収めておけっかだよ、なあ？」

酒壺を手にした年増の酌婦のほうは、話を聞くうち蒼白になり目尻をきりきりと吊りあげた。それもそのはず彼女の亭主と一人息子が黒死病の犠牲になっていたのだ。

「……そ、その話、ゾンビーが黒死病で死んじまった人の無念を、口寄せしたってことなのかい」震える声で訊く。

「口寄せ？　そうさな、どうしても恨みを伝えたいその一念って感じだった。恨みます、お恨み申しあげます……ってのが耳にまだのこってる、うへぇ、思い出しちまったい」

大きな体をぶるつかせ、杯にかじりつくとがぶがぶ飲む。

「……うちの人、あたしの……ロロの……かたき」

「ん。敵《かたき》って、ぶっそうな……なぁに云ってんだあ？」

すっかり酩酊して、自分の云ったことがどんな騒ぎをひきおこすか、そもそも今さっき何を云ったのかも定かでなくなっている男を、酌婦はもう見てもいなかった。

彼女が虚空に睨み据えていたのは別の人物だった。この世でもっとも烈しく狂おしいとされる炎をもって、わが子を奪いとった者を見据えていたのだった。

その濃く紅を塗ったくちびるがめくれあがり、ゾルーガ蛇の猛毒のようなそれを滴らせた。

「許さない。皇帝の娘だってぜぇったい許しゃしない——売国妃シルヴィア！」

＊　＊　＊

　そのとんでもない報せ——猛火の最初ののろし——をロザンナが受け取ったのは、お向かいの〈長寿亭〉の婆《ばば》さまと話し込んでいた時だ。老いた女将から「息子夫婦と孫のレニを疫病でなくし、ここのところ食堂の客足もぱったりだ。この上は息子や孫の思い出のしみついた店をたたみ、亭主ともども巡礼になって亡くなった者を弔《とむら》って余生を終えようかねえ」と悲しい相談をうけていた。

　ふたりが立ち話をしているところへ、「ね、ねえさん、てえへんだ！」

　息せききって走ってきたのは義弟のユーリィである。

「あんた、足のほう——ずいぶんと働くじゃないのさ？」つい嫌みを云ってしまいたくなるほど元飛燕騎十団の韋駄天《いだてん》は復活していた。

「チャチャ入れてる場合じゃない。ほんとうに一大事なんだ！」

　顔は蒼白、ふだんとまるっきりちがっていた。ロザンナはコップに水をくんでやり、

「まず一息おつき。それから何があったか、解るように云っておくれ」

「すまねえ」がぶりと飲むと、「ドールの暗黒神殿が打ち壊しにあい、司祭さんが民衆にひきずり出されてなぶり殺しにされた」

　これにはロザンナも〈長寿亭〉の老女将も絶句する。

「そうなんだ手に手に包丁やら麺棒やらよく切れそうなハサミをもったおかみさん――下町のそこらのおっ母《か》さん達が、目を吊り上げおっそろしい剣幕で神殿の扉をぶち破ってなだれこんできた」

「ってェことは、ユーリィあんたドール神殿に行ったね！　あそこだけはぜったいダメって、邪神を拝むようなバチあたりはうちのもんじゃないって云ったはずだよっ」

「ごめん、ねえさんそのことは謝る！　けど俺だけじゃなかった。ここんとこ仕事がなくてフテて腐ってる連中は他にたくさんいてよォ、信者は多かった。司祭の坊さんは話し上手だし、聞いてるうちなんだか気持ちがよくなってくるんだ。――それにすごい物知りでカナンって大昔あった国の最後の一日というのをまるで見てきたように話してくれた。これはきっと特別な神様から授かった力があるにちげえねえ、俺ァ殺された坊さんをちっと尊敬していたんだよ」

「……ユーリィ」

「すまねぇ、ねえさんに黙って暗黒集会にも出席してた。けどよ、化け物トルクのことも司祭さんなら説明できんじゃねえかと思ったんだ。今日は月にいちどのドールに生け贄をささげる日で――って何もぶっそうなことはない。子豚《ゴロン》の丸焼きとはちみつ酒を祭壇にあげてから、線香くさくなった肉を信者で分け合うだけさ。その、ドール教の『死は浄《きよ》めである　死はやすらぎである　死をみつめよ』を唱えてるところへ、さっき云った暴徒がなだれこんできて……」

暗黒神殿とくれば黒蓮の香と猟奇はつきものだが、ユーリィの口からとび出したのはとんでもないものだった。

「おかみさんらが、司祭はどこだ隠れても無駄だって、がなり散らしながら押し寄せてきた時、俺はとっさに祭壇の神像の後ろの凹《リセス》みに逃げこんで、そこから一部始終をみとどけたんだ」

ドールの司祭は、怒り狂った集団に捕まり、訊問をうけたのだという。まるで拷問だったとユーリィは青い顔で云った。

「な、なんだって！」

ロザンナも、〈長寿亭〉の婆さまも血相をかえる。

「俺ァそんな、おっそろしいことに、あの司祭さんが加担してたなんて知らなかったんだよォ。ほんとだよ。だいいち入信したのは黒死病が鎮まってからで、そんなサイロンに病気のたねを播く――悪魔みたいな王妃の片棒かつぎをしていたなんて、夢にも思わなかったんだよぉ、信じてくれよぉ……」

「そんなことがあるなんて……」

ロザンナは何かで頭を打たれたような気さえしたが、もっと傷ましい衝撃をうけたのは〈長寿亭〉の婆のほうだった。

「……黒死病を播いた……レニを殺した……ドール……ドールに生け贄を捧げて……王妃……豹頭王の妃が……」

ユーリィの云ったことをおうむ返しにくりかえす婆の目は完全に据わっていた。

「婆さま？」

「教えなきゃ、うちの人に教えなきゃ……あれは天災じゃなかった……ヤーンの思し召しなんかじゃ……レニは……まだ三つにもなってなかったレニは……殺されたんだ。呪われた妃……売国妃シルヴィアに……」

狂的な光を目にたぎらせ、ロザンナの問いかけなど耳にはいらぬようすで、ふらふら歩きだした。

「婆さま……」

ロザンナは腰の曲がったちいさな背中を見送ってから、地べたに膝をついている義理の弟に視線を向けなおした。

「今の話、本当に――本当なんだろうね？」

ロザンナのうちにも怒りは生じていた。近所の子供たちや下宿人のダリルの命をうばった黒死病がもし人災だとしたら――だが今の話にはひっかかるところもある。皇帝の息女とはいえ、自分の妻がそんな重罪をしでかして、豹頭王ともあろう者が見過ごしにしていたのだろうか？　王妃が産み落とした――ケイロニアの王子がドールの生け贄にされるのを黙ってみていたのだろうか？　だいいちどうしてこんな重大な秘密を下町の主婦連が知ったんだ？　その点こそ怪しくはないか。

「ああ。ぜんぶ黒蓮のみせた夢なら、なんぼかよかったかと思うが、この目と耳で……たしかめたんだ。ハサミをいちもつに突き付けられ司祭さんはぜんぶ認めた。おかみさんらの云う通りだ、土妃は罪の子を生け贄にしてドールを呼びだしたって。そして、本当のことを話したんだから助けてくれって、ひいひい泣いて頼んでた」

「それでも司祭は殺されちまったんだろ？」

「そうなんだ、ずたずたにされて……。俺、神像の後ろでまっつぁおになって……吐き気をこらえてた」

　下町の女たちはよってたかって司祭の老人を引き裂いたそうだ。

「おお、なんて酷いことを……」

　この時ロザンナは思った。たとえ子供を亡くしたからって母親がそんな残酷なことをするなんて世も末だよ、ドールに憑かれてんのはそっちじゃないか？　もし本当に罪をおかしたのなら、しょっぴいて裁くのは護民官の仕事じゃないか？　たとえそれが雲の上の人であっても……ここまで考えをめぐらし、ハッとした。

「シルヴィア――？」

「そうだよ売国妃シルヴィア、とにかく悪いのはぜんぶその売女なんだ」

「ちょっと黙っといで、考えごとをしてんだよ！」

思い出せ、思い出すんだよあたし！　ロザンナはシルヴィアという名にひきだされた、ある記憶を掘りおこそうとしていた。先日タルム広場で出会った怪異――おそろしさのあまり忘れてしまおうとしていた――あの時の魔道師めいた男はなんと云っていたろう？

悪魔は――ドールは豹頭王のほうだと、むしろシルヴィア妃の身を案じ、恋い慕う騎士のようじゃあなかったか？　ぼこぼこに殴られたように醜い顔をしたあの大男は。〈青ガメ亭〉のロザンナはその時直感的に思った。シルヴィアは売国妃なんかではないんじゃないか？　パルクはあの時どんな顔で、どんなふうに王妃の名を呼んでいた？――シルヴィア様、シルヴィア姫さまと、胸が痛くなるほど切ない響きをしていたじゃないか。

＊　＊　＊

ドール神殿の打ち壊しと司祭惨殺さえ、ほんの序の口にすぎなかった。

黒い劫火は、サイロン市内にうち広がって民衆一人一人の心に燃えうつり、愚かしくもおそろしい凶行に走らせようとしていた。

悪魔神ドールを祀る神殿であっても、白昼襲撃をうけたとあっては見過しにはできない。すぐに護民兵が出動して鎮静にあたった。だが司祭の死骸をバラバラにし竹ざおの先に突き刺したものを旗指し物のようにして気勢をあげる母親たちに、男達や老人まで加わった集団は、護民兵の手に負えぬまでに膨れあがっていた。サイロン市長から護民官アサスへ、緊急時の責任者であるアトキア侯マローンへ急報がいき、事態を重く見て即日国王騎士団の出動要請がなされた。

ついに「騒ぎの元となったそのこと」が黒曜宮にもたらされた。——女官クララのゾンビーが、ケイロニア皇女にして豹頭王の妃シルヴィアを告発した。黒死病のたねを市中に撒きちらした重罪人として！

サイロン市民——ことに子を奪われた親達を憎悪に狂わせた《黒い言霊》は、こうして豹頭王グインの知るところとなったのである。

黒曜宮の中心——すなわちケイロニアのまつりごとの中心たる主宮殿の広間に、重臣たちが急ぎ集められた。

暴徒を鎮静するため自ら騎士団を率いて風が丘を駆け下りる前に、王にはどうしても確かめておかねばならぬことがあった。

「——ハゾス、これは一体どういうことなのだ？　おぬしは俺に、シルヴィア皇女は想像妊娠をしていた、赤子は存在していなかったと云ったがそれは偽りだったのか」

股肱にして親友である選帝侯に問う王の口調は変わらぬ穏やかさだったが。

対する宰相の面ざしは蒼白で、くちびるは震えおののきを隠すことができずにいた。

マローンからの伝令によりことを先んじて知ったハゾスは、恐慌におちいりかけながらもゾンビーの口寄せなどという超自然の現象を怪しんで、秘書官に命じて東の塔に幽閉していた王妃づきの女官をこの場に召喚し「女官クララのゾンビーなど騙《かた》りである」ことをグインに証明しようとした。

しかし捕らえておいたクララはすでに病死し、一月ほど前共同墓地に埋葬されていたことが判明。墓所と云っても穴を掘って放り込みぞんざいに土をかぶせただけの場所で、野犬かなにかに荒らされた形跡があり死骸は消えうせていた。ハゾスとしては重罪人をあっさり死なせた上、勝手に埋葬までしてしまった牢の監督官を鞭で打ちたい気分だったが、牢監には「宰相閣下は囚人を生きて外にだすことは金輪際まかりならぬ。幽閉中に死んでくれたら大いに結構なことだとおおせでございやしたので」と云いぶんもあるにはあったのだ。

今や問題の焦点は、ハゾスが最も向きあいたくない、グインにはなかったものにしておきたかった、いやはっきりと「シルヴィア様の妊娠は想像によるもの、お子など存在しておりませんでした」と嘘を云ったことにしぼられていた。

グインは単刀直入だった。

「シルヴィアがドールに嬰児を捧げたなど俺は信じておらんし、衰弱しきった身で暗黒神殿の扉にもたどり着けたとは思えない。だが黒死病の禍で疲弊した民の心につけいるように、巧妙に事実をつぎあわせた悪しき風評が広まってしまったのも事実だ。事態の早期収拾のためにも、ハゾス、俺が把握していない事実があるのなら教えてくれ」

異形の王はサイロンに上がった黒煙からやっかいなものを嗅ぎとっていたにちがいない。

「教えてほしい。ケイロニア王不在の黒曜宮でシルヴィアは——？　ハゾス、教えてくれ」

白皙《はくせき》の額はしとどに汗に濡れていた。

「……陛下に、おかれ……ましては……」

これにグインは瞠目したが、居並ぶ高位高官も王に次ぐ位の大貴族が言葉につまる様《ざま》は初めてだっただろう。

「こ、このハゾス……ケイロニア宰相……ランゴバルド選帝侯ハゾス・アンタイオスの忠義のほど……お疑いめされますか」

トパーズ色の目を直視できずうつむいた面から大理石の床に滴りおちるものがあった。

「おぬしは俺の第一の臣下だ。ケイロニアのため、ケイロニウス皇帝家のため寝る間も削って働いてくれている。忠誠心を疑ったことはない。俺の最大の理解者であり助け手であり功労者だ、両輪の片側だと思っている。そのおぬしがあえて虚偽——この云い方が不適当なら帰還したばかりの俺をことの核心に触れさせてはならぬと判断し、執り行なわねばならなかった意義の重さ苦さを思いはかれぬものではない。が、かかる事態にあっては黒曜宮の内情ばかり慮《おもんぱか》ってもおられぬ。かつて——わが妻と呼びし女性《にょしょう》シルヴィア・ケイロニアス皇女殿下が出産されたことが事実なら、今ここで云ってほしい」

公式の場でかくもはっきり王が口にだした「シルヴィア妃の生んだ、グイン王の胤《たね》ではない子」に重臣たちは動揺をかくせなかった。

（お噂はまことだったのか？　シルヴィア妃が不義の子を宿され……あろうことか出産されていたとは……）

何百年にもわたり、北の大国らしい剛健で四角四面の政治談義がされてきた大理石の間に、それはまったくもってふさわしからぬ露見であり醜聞だった。それを口に上らせたのがケイロニア史に残る英雄であったことこそドールの呪いといえた。この場にあってシルヴィアに憤りと嫌悪をおぼえなかった者はいなかったろう。

ハゾスは、穏やかではあるが芯につよいものがこめられたグインの問いかけをうけとめ、ともすれば震えてしまうくちびるの端を噛みやぶるほどかみしめ、云った。

「……おそれながら、申し上げます。シルヴィア殿下のご出産はございました」

そこかしこでどよめきが上がった。

ハゾスは言葉を継いだ。

「なれど――なれど、お子は存命されておりません。月足らずでお生まれになった赤子には生まれついて心の臓に異常があり、取り上げた者が脈の弱さから気づきましたのを、このハゾスが受け取り宮殿のバルコニーで冬の寒気に晒してしまいました。半ザン……それより短い時間であったかもしれませぬが、赤子はもはや息をしておりませんでした。ハゾス・アンタイオスがこの手で殺めました。アキレウス大帝のご息女、シルヴィア殿下の一子の……お命を取って……しまっ……た」

云いとげたあと大理石の床に汗ではない滴が口のはたからつたい落ちた。

（宰相閣下、よくぞ……）広間のいずこかでかすかに、呻くような涙声がもれた。

（あっぱれ臣下のかがみ）という声もきかれた。

だがグインの黄色っぽい瞳にあるのはおそろしく冷たい光だった。凝然として冷ややかな、底に烈しい感情をおさえこんでいるようでもあり――

「それが二重の偽りでなくば、おぬしはハゾス、俺ではなくその子に償えぬ罪を犯したことになるぞ」

豹頭王がそのような目で、股肱の宰相を睨みつけるとは誰が思おう。しかしその目にあるものは子を害された怒りと悲傷に他ならなかった。

くちびるを噛みやぶってまで己をつらぬいた宰相は、気丈にも豹の視線を受けとめようとした。

真剣を交えるような緊迫した空気に広大な広間は暫し支配された。

その静寂を破ったのは事態急変をつげる声であった。

宮内庁長官のリンド伯爵が王の前に進みでる。

「サイロンからの早馬が到着しました。暴徒鎮静にあたるマローン侯からです。タリッド地区に集結した千人からの暴徒を統率する者あり、その男が『シルヴィア妃は闇が丘の離宮にいる。黒曜宮のだれも高貴の罪人を断罪し得ず、丘の上のひとつ館に幽閉されている』と叫ぶやいなや暴徒は鬨《とき》の声をあげ動き出し、怒濤のごとき勢いもはや止め得ずとのこと！」

いずれも一軍の将であり武官である高官たちの間に、ふたたび複雑な思いをまじえた嘆声がひろがった。

かならずしも皇女への同情一辺倒とはいえない反応の中で、黒大理石の玉座から立ちあがった豹頭偉丈夫の王は即座に決断を下した。

「リンド、ガウス将軍に伝えよ。《竜の歯部隊》精鋭千騎を、十タルザン内に《勝利の門》に集結させるよう。フェリア号を引けい。闇が丘の皇女殿下をお護りするため出陣する！」

「……陛下、あの御方とは今生の別れをされたのではありますまいか？」

なかば魂を抜かれたような股肱に、グインは短くつぶやいた。

「あの女《ひと》をお護りすると約束したのだ。お心は護り得なかったが……騎士としての誓いまでは反故《ほご》にせぬ」

そして——

「ランゴバルド侯ハゾス・アンタイオス、俺がもどるまで私室にて謹慎もうしつける——

——罪なき者を殺めた罰である」

感情というものをいっさい排した鋼の声に、宰相はがっくりとその場に膝を折った。

＊　＊　＊

グインが《勝利の門》へ向かっていってから、しばらく後——

ハゾスは私室の机に突っ伏していた。

主君にならったように簡素で機能的な居間は執務室と扉ひとつで繋がっている。いつ何時でも公務ができるよう自ら仕向けた結果であった。職務第一でゆとりのない居室に一点の華を添えていたのが例の大トートスの肖像画であった。

ドミティウス家のアルビオナ、女として母として運命に翻弄された美しきヒロイン。

シルヴィアは娘時代、赤みがかった金髪をもつ豪華な美女に反感にちかい感情を抱いていた。所蔵の名画を自慢していたハゾスを困らせてやろうと考えたのもこの心理がはたらいたからだ。

侵略者タルーアンのヴァイキングを初夜のしとねで刺し殺し、だがその一度の営みで野蛮人の王を愛してしまったアルビオナ。その運命の子はタルーアンを統一する英雄シグルドとなる。

そのアルビオナの生き方愛し方をシルヴィアははげしく厭《いと》った。どこがどう癇《かん》にさわったのか……豹頭王の王妃となった彼女は乱交の果て罪の子を宿し、そのせいでケイロニア皇帝家や黒曜宮――国そのものに災厄がふりかかろうとしている。

どちらの女にも作為はなく、ヤーンの運命に弄ばれただけなのに、かくもその子らはまったくちがう――対照的な――意味をケイロンの歴史に刻もうとしている。

この明暗はどこで分かたれるというのだろう？

また暫《しば》し時が過ぎた。

ハゾスは、罪の子を殺めたと公言した時のグインの反応にうちのめされたままだ。

無力なる者を害することこそグインが最もいとう行為だと思いおよばなかった。豹の瞳にともった忿怒《ふんぬ》の烈しさ、正面から受けとめたからこそわかった熾烈さ、慈悲も容赦も望めるものではなかった。宰相として、親友として――彼の信頼を永遠に失ったかもしれない。そう思うことは恐怖だった。握りしめたハゾスの拳の震えは全身に伝わりどうあっても止められはしなかった。

書き物机にひじをつきようやく顔を起こしたが、今かれはサイロンの暴徒のこともグインと《竜の歯部隊》千騎のことさえ考えられずにいた。

グインから受けたものに精神《こころ》を切り裂かれていた……。

ゆえに――

扉が叩かれた時まさかこんな早くとは思いつつもハゾスは暴徒を鎮静したグインが戻ってきたのかと椅子から腰をうかしかけた。

扉の向こうにいたのは小姓のハイデンだった。ランゴバルドの出身でまだ若い。

とっさに叱ったが、若者の様子がおかしいことにすぐ気づいた。大きな目が真っ赤で泣きはらしたように見える。主《あるじ》に同情し泣いてくれるのか？

「ばかもの！　私は謹慎の身だ。気安く訪ねてはならん」

「……か、閣下。宮内庁長官のお許し、特別のはからいを得ております」小姓はハンカチで洟をかんでから、「先ほど、国元より急使が到着し、ランゴバルド街道のバルトナの森ちかくで……遠乗り中のご子息リヌス殿が……不慮の落馬により……頭を強打されたとのこと、城医師が全力で治療にあたっているそうですが、意識はなく……危篤状態におちいられたとのこと……」

ハイデンはようようそこまで云うと、堪えかねたように涙にむせぶ。

「リ、リヌスが、まさかそんな……そのようなことがっ、まこととは……」

訊きかえすハゾスに、小姓はランゴバルド侯爵家の紋章が押された封書を捧げわたした。樹皮をなめして巻いた書状をひろげると見まちがえようもないネリア夫人の筆跡で、予断をゆるさぬ愛息の状態が認められ、息のあるうちに枕元にきてほしいと結ばれていた。

ぐにゃりと膝がくだけそのまま床も割れ下方にすいこまれてゆく——その時ハゾスがあじわったのは今まで拠り所としていた世界が崩れさるにひとしい衝撃だった。

肉親——それも侯爵家を託そうという嫡子が死に瀕している！

王妃の醜行、黒死病の流行、黒魔道師の跳梁《ちょうりょう》と、おびただしい痛手をこうむってきた精神に、さらなる致命的な打撃を与えるものだった。

ドールの使い魔たる化鳥《けちょう》の鉤爪に生きながら胸をえぐられ、巨大な黒翼に眼前を覆いつくされる。ハゾスを見舞っていたのは《絶望》に他ならなかった。

＊　＊　＊

——サイロンを取巻く丘陵地帯。そのはるか下方にあってその頃大きく動きだしたものがあった。

かつてケイロニア創立の頃、皇帝のさいごの脱出口としてひそかに掘られた地下道に大量のどぶ水があふれ出していた。

黒色の波濤とも見えるその正体は数千いや万を超えるかもしれないトルクの人群だ。

尋常でないトルクの群のただ中に魔道師めいたマントの姿があった。

濃い灰色のフードをかぶった大男はトルクの大群と共に、地下の旧道を進んでいた。

大トルクが岩盤を掘りすすめた《王の道》、その頭上で怪しき光が明滅する。

それは、ヤーンの皮肉だったのか――

トルクを率いる怪人は、風が丘からサイロン市の外縁を取巻く街道を、暴徒の先回りをすべく急ぐ、豹頭王麾下《きか》《竜の歯部隊》と方向をおなじくしていたのだ。

愛馬を駆る王は数十タール下を、もうひとつの軍勢が進んでいることなど知らぬ。

王の心はただひたすら――

光が丘から狼が丘を越え、闇が丘なる皇女のもとへ、サイロン百万の民の憎しみと殺意とをひきうけるに至った《売国妃》シルヴィアを守護する、そのことにあった。

――急がねばならぬ。

豹頭王は馬に拍車をかけた。

第四話　サイロンの挽歌（二）

1

街道に時ならぬ蹄鉄の轟き。

騎馬の大群が隊列を組んで一糸みだれず走ってゆく。

もしこの軍馬の大隊列を高みから見下ろす者があれば、黒と銀の鱗でよろわれた長大な竜と見たかもしれぬ。

豹頭王みずから鍛え上げた《竜の歯部隊》が一軍となって駆け抜けるその様は、たしかにひとつの生き物であるかのようだ。

ケイロニア最強の竜の先頭を豹頭王は走っていた。

かぶとを被らぬ、黄色と黒の毛皮につつまれた豹頭のうちには、麾下《きか》の騎士が知り得ぬ複雑な思いがあった。

――シルヴィア・ケイロニアス、かつて妻と呼び、しとねを共にした皇帝の息女。かって愛おしく思い、だがその病んだ心をうけとめきれず痛ましい運命を選ばせてしまった……。闇が丘の館へ皇女の身柄保護に赴く今この時も、自責と悔悟の念はトパーズ色の瞳を翳らせていたのだ。

そして——

（ヴァルーサ……）

おのれの重みに堪えて駆ける愛馬の鞍で、出陣の前に愛妾がとった思いがけない行動を思い出した。

主宮殿から《竜の歯部隊》が待つ門へと急ぐ王を、ガウンをまとったほっそりした姿がさえぎった。身重の愛妾は後宮からはせ参じたらしく、息を乱していた。

走ってはならぬ、とがめた王の籠手《こて》をはめた腕に身をなげかけてくると、

「王さま、女官から聞いたよ。お妃さまが大変だって！　サイロンのみんなが闇が丘に押しかけ、お命をとろうとしてるって」

「——そうだ、行かねばならぬ。シルヴィア皇女殿下をお護りするために」

「あ、あたいが、心配したのはこのことだった。なにかよくないことが王さまの身に降りかかる……まじない小路で魔道師にしてやられそうになった、あの時みたいなことが起きる！」

口早に云うと、甲冑に覆われた太い腕にきつくしがみついてきた。

「大丈夫だ。あの夜のようなことにはならぬ。じゅうぶんに用心をする」

「ほんとは行ってほしくない。でも、この騒ぎを鎮められるのは王さましかない…って
わかってる」

ぎゅっと嚙みしめられ、いっそう紅みを増したくちびる。瞳にはいっそう激しい輝き。

激しいだけでなく、深い――

「王さま、お妃さまのシルヴィアはあなたの唯一の弱み、シレノスの貝殻骨」

クムのちいさな娘に神の洞察力がやどったかのように、この時つむぎだされた言葉は
おごそかですらあった。

「黒魔道師の一人、長舌のババヤガに鏡の術をしかけられた時――王さまは『シルヴィアを俺の前から消してくれ』と叫んだ。あなたほどの戦士が恐慌にかられて。だがその際の幻影はまことの王妃の姿ではなかった。王さまの《心の棘》に黒魔道師がつけこみ混乱させ、そこにもとより植え付けられている女神アウラへの畏怖が付け加わったもの。じっさいのシルヴィア妃はかよわく、病いを養う身。けっしてケイロニアの英雄をうちひしがせるような存在ではない」

まるで何者かが乗りうつったかのように口調や声の抑揚までちがっていた。

「どうしたというのだ？　何を云うヴァルーサ」

おどろいて見直す豹頭王の腕で、ヴァルーサはぱちりと大きくまばたきをした。

「あっ…あぁ、王さま！」

自分の男をみつめる瞳はいつもの通り、いやいつも以上に情熱的な踊り子だった。ヴァルーサはグインの太い首っ玉にかじりつくなり、豹の口に熱い接吻《キス》をした。

「王さま、気をつけて行ってきて……奥さまを助けてあげて、必ず！」

真摯な響き、黒曜石の瞳。星辰《せいしん》のようなその輝きは、豹頭王を深く苦悩させたシルヴィア妃の不行跡、彼女を醜行に走らせたのは自分ではないかという、不条理な罪の意識を薄らがせる唯一のものかもしれなかった。


草原生まれの巨馬の鞍でグインは目をするどく細めた。サイロンから闇が丘に迫る暴徒の群が視界に入ったからではなかった。

前方の闇が丘は遠目にもわかる荒涼とした佇まい。右手には狼が丘の丘陵が続き、かつて北方の脅威に備えたという砦が木蔦のはびこるまま打ち捨てられている。それもまたケイロニア王の版図であり、彼の記憶の残滓《ざんし》のようなランドックにかわって故郷と得た愛する国土の一部だ。にもかかわらず常の人よりはるかに秀でた視覚に、何より戦士の第六感に違和感をおぼえさせるものがあった。

グインは全騎に停止命令をくだした。

豹頭王のひと声一挙動で、怒濤の進軍が止められる――と同時に、騎士たちはかぶとの面頰の下で戸惑いの表情をうかべた。

空に——めざす闇が丘の方角に赤いものがたなびきだしていた。叢雲《むらくも》なのか？　赤いリボン状だったのが見る間に幅を広くして、忽《たちま》ち騎士たちの視線の先を染めてゆく。

ルアーは頭上にある。にもかかわらず、天の一画が紅蓮に染め抜かれた。

見る間に真紅の空——上方にあり人の目を覆うものがそう呼ばれるなら——に映しだされたものは蜃気楼と呼ぶにはあやしすぎた。砂ばかりの草木とてない景色——それはケイロニアのものではありえなかった。イトスギの繁る北方の地とはまったく異質な、それは人外が住むにふさわしい風景だった。

（……ノスフェラス）

それはまごうかたなくノスフェラスの凄惨な落日だった。そのことを知る唯一の、そしてその人外の国の土でもある者は、トパーズ色の目にさらに警戒の光をつよめ、髭をぴんと緊張させていた。

——王よ。

ふいに響いた《声》が、ふたたび今度こそ騎士たちに動揺をもたらした。

あわてて馬をにじり寄せ主君の盾になろうとするガウス将軍に、グインはささやく。

（落ち着け、まず相手の出方をみよう）

（陛下におかれましては、この怪異を操る者の見当がついてらっしゃるのですか？）

（おそらくは旧知のやからだ）

——王よ、わが王国の正当なる主よ。この道を通られることを予知し、お待ちしておりました。

予知だと！　まさか、予言者なのか？

騎士たちの間にざわめきがわき起こった。

それは次の刹那、現われいでた。赤い砂と岩ばかりの景色を背負って、黒いマントとフードの陰気な姿をうかべている。

「王よ、私でございます。あなた様がはじめてサイロンの市門をくぐられた日、世を捨てた身ながら祝福せんと御前にまかり越した、あなたの忠実なしもべでございます」

「世を捨てた身とは——世捨て人ルカのことではありませんか！」

言動の控え目なガウスが声を高くする。それもそのはず世捨て人のルカといったら、グイン王が会いたがり探していた魔道師ではないか。

しかしグインはひと言もなく、前方にうかぶ姿をじっとみつめている。

「王よ、お見限りでございますか？　まさか、お見忘れとはおっしゃいますまいな」

揶揄するような調子だった。

「忘れるはずなかろう」やっと口をひらくと、「俺は急いでいる。おぬしにかかずらっている暇はない」

「いかにもお急ぎのごようすですな」

「解っているなら足止めをするな」

高名な予言者と聞く者に今のが暴言と受け取られはしないかと、かたわらのガウスがはらはらしたようすをみせる。

「下賤の僕《しもべ》が、敬拝する大君のご機嫌を損ねましたか？」

フードの奥のいんぎんな呟きと、王を前にしてかぶり物をとらない不遜な態度は矛盾している。

――と、巨鳥が翼をはためかせるようだった。魔道師の大きくひるがえした黒衣が一瞬で異郷の風景をさえぎり、騎士たちの頭上にまで覆いかぶさってきたのだ。

不吉で巨大な翳の中でグインはとっさに利き手を上げ、

「かじやスナフキンの剣よ、お前が必要だ！」

戦士の掌に霊的な光をあつめ、それは実体化した。

「タアァ――――ッ」

裂帛《れっぱく》の気合いと共に、黒翳にむかって破邪の剣が振り降ろされた。

屈強の騎士たちが驚愕の声をあげる。

豹頭王は、世捨て人と称する黒衣の者を頭から一刀両断にしていた。

みごとな太刀筋によって左右に別けられた魔道師のからだから血は吹きださず、扇型にひろがってゆくはざまから覗くのは背後の赤い荒野だ。

——否！

それだけではない、魔道師のからだだけでは。魔に抗し、魔を絶つべく鍛えられた剣は、魔道師の後ろの赤色に染まった荒野までも書き割りのように斬り裂いていた。

今度こそ、騎士たちを心胆から戦慄《おのの》かせる現象が現われた。

スナフキンの剣に斬られた景色の向こうにもうひとつ「空」が——元からの青いケイロニアの空がのぞいていたのだ。

《竜の歯部隊》の騎士たちが胸腔のおくから息をしぼりだすと同時に、魔の術数はそれじたいの結びつきを失いあとかたもなく消え去った。

ノスフェラスの幻影がうつしだされていた空は健常なあり方をとりもどし、まっぷたつにされたはずの「世捨て人」のすがたも消えてしまった。

グインは空の一点を睨みつけ、吼えた。

「グラチウス！」

豹の鋭い視線が放たれた一角で、しゅんと火の立ち消えたような気配があった。

それ以上のこけおどかしも口上もなく、豹頭王と騎士の上方に、三大魔道師のひとりにして地上最も力をもつという黒魔道師の姿が現われた。

あまりにも年老いているためミイラのようにみえる風貌、白髪、額に黒い魔道師の輪をはめ、しなびた体軀を黒衣でつつみ、手に杖を握っている。――杖に見えたものは白い大蛇であった。握りにあたる部分がかま首をもたげルビーのような瞳で、軍勢をながめ降ろしているのは好奇心に満ちた犬のようでもある。それがグラチウスの悪らつ非道の片棒かつぎ――憎んでも憎みたりない淫魔の化身だとグインほどよく知る男はいない。ドールの司祭とユリウスに向けられたグインの眼差しは、黒曜宮の広間でハゾスに痛手をあたえたものなどまだ温《ぬる》いと思われるほど剣呑だった。

その殺気に感応したものか、あやしい白蛇は紅い舌を淫靡《いんび》になめずっている。

王は険しく云いはなった。

「グラチウス何ゆえの茶番だ。ここで足止めをして何を画策する？」

「のっけから見破られていたか――恐れ入った眼力だが、もしこれが見当はずれであれば世捨て人の魂魄も泣き別れでござったなフォフォッ」

「スナフキンのきたえし剣は、よこしまの存在にのみ効力を発す。それに元よりルカとおぬしとでは気の質がまったくちがう、強さ――魂魄《こんぱく》の腐臭の強さとでもいうものがな。姿を見せる前から臭ってきたぞ」

魔道師はふたたび神経にさわる笑いを漏らすと、「皮肉には皮肉をということか？かつてその剣でおぬしが犯した失策をさして云ったのだがな」

豹の襟首の毛が険悪にさかだつ。八百歳の黒魔道師が、彼の記憶不全をたてにとって嬲《なぶ》るのは常套手段だが、今この時ぐらい嫌悪と怒りを煽ったこともなかった。

王は破邪の剣を持ち直し、肩の高さに持ち上げ投擲《とうてき》の構えをとる。

「ヒョッ、それを投げるつもりか勘弁してくれ。この大一番に怪我を負うわけにはいかん。王よ、怒らせるつもりはなかった。この騒ぎを知って、わしがサイロンくんだりまで駆けつけたのにはわけがある。そしてそのわけとは、おぬしが護ろうとしている雌鶏……あいや、ケイロニア皇女に深くかかわることなのだぞ」

「云うな、グラチウス！　ことの元凶はお前と手下のユリウスではないか。今ほどお前の陰謀を憎く思うことはない。剣もろとも時空の涯《はて》へ弾き飛ばされるがいい！」

トパーズ色の目が忿怒《ふんぬ》に煮えたつ。

「や、止めてくれ！　皇女が色狂いになったきっかけはユリウスかもしれんが、黒死病のたね云々はわしの与《あずか》り知らぬこと。いや、恨みつらみにこり固まったサイロン市民によって犠牲の台上に祭り上げられた、雌鶏の冤罪を認めるにやぶさかでない」

黒衣をひろげ、手にした生ける杖を宙にのたくらせる大魔道師の言い条《じょう》に心揺らいだのは豹頭王より麾下の騎士団のほうだった。かれらのうちにも肉親や云い交わした娘が病魔のえじきになった者はいる。ケイロニアに忠誠を、王に剣を捧げる騎士であっても、こたびの出陣に際し内心割りきれずにいた者もいたのだ。

（王妃は冤罪、今そう云ったのか？）

（この魔道師、シルヴィア様は売国妃ではないと云っているのか）

騎士たちの声に殺気が宥《なだ》められた――というように、スナフキンの剣は王の掌に吸い込まれ消えた。

「冤罪と認めたな。そもそも事件の発端はゾンビーによる口寄せと聞く。死人使いの術はお前の何より得意とするところ。陰謀の首魁が今さらシラを切るつもりか？」

「やれやれ、欠けらも信用されておらんな」おおげさに肩をすくめる。

「わしの誠意を、『ドールの九本目の尻尾』だの『カリンクトゥムの果てのもうひとつの暗黒』と云うクチかおぬしも」

グインは舌鋒をゆるめない。

「グラチウスお前は、ユラニア戦役の折り、サルデスの国境地帯でゾンビーを傀儡《かいらい》とし、ケイロニア軍を混乱におとしいれた。それだけではない、第二のユラニア戦役――シルヴィア姫を誘拐した折りだ――においては、第一次ユラニア戦役におけるゾンビーどもにタラムの町を襲わせ、不運な人々を仲間にして町ひとつを占拠させてしまったではないか！　今回もおぞましい手口は明々白々だぞ」

「豹頭王よ、おぬしらしくもない浅はかな考えだな。それではヴァシャの実は赤く、クラムしかり、ならばシルアの実もすべからく赤かるべし――ぐらいの論法だぞ。死人使いの術など、そこそこ修業を積んだ魔道師なら誰でも――ほれなんと云ったかの、パロの木っ端魔道師でも操れるだろう。もっとも、田舎町のゾンビーは半ば偶然の産物とはいえ、なればなったでそれもおのれの作意のうちとするのが、わしのような大魔道師の真に偉大なところではある」

およそドール以外なんぴとも賛同しかねぬ、自画自賛であった。

「おのれが首謀と認めているではないか！」

「ちがう、ちがうぞグイン。ユラニア戦役とこたびの騒動の大本はまったくちがう。雌鶏がからんでおるからややこしいが、ドールに誓ってわしは黒死病のもとと、雌鶏が乱行の末ひりだした卵を混ぜこぜにし、愚民どもを煽って、怒りの矛先を《売国妃》なんぞという都合のよい当て物に向けさせたりはせぬ」

「お前は《売国妃シルヴィア》とは民の憤懣《ふんまん》を利用した大掛かりな騙《かた》りだと、解って云っておるのだな」

グインは、グラチウスの言質を確認するように云った。

「そうだ。そして仕掛けたのはわしではない。わしならば、さよう――わしが主宰ならばもっとずっとましな趣向をこらす。雌鶏を陥れるのに、はしためを傀儡にした田舎芝居など打つものか。もっと玄人うけする仕掛けでのぞむ。だいいちゾンビーとして操るのなら、このサイロンにはうってつけの何万もの死骸があったではないか！」

恐ろしい発言に、騎士たちが顔色をなくしたのは云うまでもない。

ガウスが配下を代表して――というより黒魔道師の云い草を常人が素面で聞くのは堪えがたかったのだろう、そっとグインに耳うちする。

（魔道師を退治できぬまでも、即刻口をつぐませ部隊の前から退かせる方法はないものでしょうか？）

（待て、わざわざ自分の仕業ではないと云ってくるのには理由があろう。クララのゾンビーを操った者に心あたりがあるような口ぶりだ）

「何をごちゃごちゃ云いあっておる？　急ぎのところは解るが、まあわしの話を聞け。これはたいそう重要な事案だ、おぬしにもケイロニア皇帝家にとっても」

トパーズ色の目はいったんすべての感情を納め、魔道師に向きなおる。

「ケイロニアを呪っている者がいるというのは確かなことだ。黒死病しかり、わしに云わせれば木っ端に毛の生えた程度だが、サイロンに打撃をあたえた魔道師どもがいたことも事実。そやつらを相争わせ、漁夫の利を得ようとしたのがキタイの竜王であることも承知しておる。しかしきゃつは仕損じた。竜王の魔力をもってしても、惑星直列のエネルギーをとりこんだ豹の、精神と肉体――全存在から発されるものを凌ぐことはできなかった。おぬしはそれほどの存在なのだ。この惑星とさらに他の惑星の力を合わした動力《ダイナモ》の源ともなるのだ。きゃつらはそのことを証明したに等しい。今回もだ、これほど陰謀の仕掛けが大掛かりなのは、それだけ狙った獲物が大きいということだ。わしの云わんとしていることが解るか？　つまり《売国妃シルヴィア》とは、お主というまたとない獲物を誘いだすエサにすぎぬのじゃよ」

「それは闇が丘の皇女の許にいたる道筋に、罠が仕掛けられているということなのか？」

「さよう、鼠を捕えるような単純なものではないがな。以前から雌鶏の周りには罠が張りめぐらされていた、それはよりいっそう複雑に周到になってきていた。なぜならそれは肉体――物質にのみ係わるものではないからだ。その罠のしかけとは物質界のものではない。どうだおぬしには、心あたりがあるのではないか」

「心あたり？　物質界のものではない……」

「雌鶏――王妃シルヴィアをむしばんでいったものもそれと無関係ではない」

「シルヴィアを、むしばんだもの……」

グインはうなだれ黙り込む。みずからの内面に沈みこむかのように。

「心あたりがあるようだな」

髑髏《どくろ》じみた眼窩《がんか》から鋭い光が放たれた。その手の生きた杖も興味をひかれたように赤目をきょろりと動かす。

「――シルヴィア・ケイロニアスは、豹頭王グインのシレノスの貝殻骨」

符牒《ふちょう》じみた言葉にグインはたじろいだ風をみせる。

「おぬしを欲っする者は、ようやくこのことに気付いたのだ。いったん標的をおぬし自身から雌鶏に変更した。ゾンビーを用いた茶番で衆愚の憎悪を煽ることでな」

　豹の目に警戒する光が灯った。

「わしは、そのおぬしのやっかいな貝殻骨をどうするか、助言を与えにきてやったのだ」

「それは、シルヴィア姫の身柄と……お心も救う方法があるということか？」

「それはどうかな？　だがすくなくとも、おぬしは罠にはかからず、皇帝家ひいては大ケイロニアも災難から逃れることができる、ただひとつの方法だ」

　ここで我慢できぬとばかり蛇杖のユリウスがプッと吹きだしたので、グラチウスに頭をごちんとやられ「いてぇよぉ、くそじじい。あいや、おっしょさま」ぺろりと舌をだす。

「その方法とはなんだ」

「簡単なことじゃよ、闇が丘に向かわぬのだ。皇女の身柄保護などやめて宮殿にひきかえす。産み月がせまっている愛妾のもとへでも行っておるがよい」

「皇女殿下を見捨てろ――見殺しにせよと云うのか」

「そういうことになるかの」

「妄言吐きの、おいぼれ魔道師め！」

豹頭王とも思われない悪態をつく。豹の目から、炎が迸《ほとばし》る。

「おいぼれとは云ってくれるわ。だが王よ、皇女シルヴィアを離宮に押しこめたのは、おぬしと取り巻きだったときくぞ。とうに見放していたのではないのか？　あの病気持ちを持て余して。だいいち今や皇帝家にはもうひとり皇女がいる、オクタヴィアがな。心身とも病みはてたシルヴィアに皇位が継げるとはアキレウス帝も思ってはおるまい。オクタヴィアなら子も産ませられよう。健康な牝牛と病んだ雌鶏、どちらに値打ちがあるか、皇帝家の黄金の秤に載せるまでもなかろうて、フォフォッ」

「黒魔道師が一国の問題にくちばしを突っ込むな！」

グインは腰の大段平《おおだんびら》をひきぬいて叫んだ。激しい語調と剣気のあおりを食ったように黒い翳と白いくねくねが宙を後ずさる。

「おう、怖い怖い……本気で怒ったか。だが王よ今わしが口にしたことは、おぬしの宮殿のだれもが腹にもっていることだ。潔癖でお堅い宰相などことに……ククク」

「うせろ！　俺の前から即刻」

豹は獰猛に牙を剝きだした。

「助言は聞き入れられなかったか、残念だ——がせっかく出張ってきてやったのだ、最後にひとつ面白い話、雑学をさずけてやろう、わしとおぬしの長いよしみからな」

するすると後ずさりながら云いつのる。

「ゾンビーの他にも、サイロンと黒曜宮をなやましていたものはあったろう？　トルクの大発生というのがな。あれも人に忌み嫌われているが、魔道によって作りだされたものではない。スナフキンの剣で一筋の煙にはできぬ。それに――知っておるかやつらの繁殖力のすさまじさを、雌のトルクはルアーとイリス二旬の間に子を産む、一度の出産で十二神と同じ数をだ。トルクの子が成年に達するのはわずかひと月、そしてまた子どもを産む――そうして一年、人間どもが復興や借金の算段にばかりかまけている間に、きゃつらが地下の王国でどれだけ数を増やしたか計算してみるがよい！」

グラチウスはしわぶかい顔を照り映えさせていた、じつに得意げに。

「陛下、最後のせりふはどういう意味でしょうか」

地上もっとも悪らつな魔道師が空の彼方に消え去ってから、ガウスは不安そうに云った。

豹の男の怒りのかぎろいは失せていた。その代わり髭が針のようにするどくなり、丸い耳をぴんと立たせ、全身に緊張をみなぎらせている。

そして――

「ガウス、至急警戒態勢をとらせろ。敵が押し寄せてくる」

「なんですって！　一体どこから、どれほどの数……」

「前方からだ、数は少なくとも百万――最悪のばあい億を数えるかもしれぬ」

これに部隊を任された将軍は顔色をうしなう。

「お、億の敵とは……魔道によってもたらされたものなのですか？」

「トルクだ。これがすべてグラチウスのしわざかは解らんが、猛烈にねずみ臭い」

ケイロニア軍人はごくりと息をのむと、

「……陛下、了解いたしました」

それでもガウスはふた呼吸もすると軍人らしさをとりもどし、規律正しく王命を復唱する。

「全騎、第一級警戒態勢、トルクに対する備えをとれ！」

《竜の歯部隊》はケイロニア軍で特殊部隊に位置づけられている。グイン王の直属として任務を遂行するため、いかなる敵にも対処できるよう日夜厳しい訓練をつづけていた。

先般《まじない小路》でこの小さいがやっかいな敵の奇襲をうけてから、トルク攻略はガウスを中心に練りに練られていた。騎士たちは馬を御し、すみやかに陣形を整える。

人間との戦《いくさ》では組まれることのない陣形が整えられた時――

聞こえてきた。

ぞっとしない轟き、おびただしいチュウチュウと鳴きさわぐ声。

それは地の底から響いてきた。前方にどぶ色の毛皮の群がわきだした。

おお！　鍛え抜かれた騎士さえ呻きをおさえきれぬ。

はたして本当に億の単位であったかヤーンでなくば数えきれぬだろうが、それは俄《にわか》に溢れだした泥水のように押し寄せてきた。

おそろしい勢いで足下に迫ってくるトルクの波に、ガウス将軍は沈着冷静に采配をとる。

「敵は前方三十タッド！」

すでに最前列の騎士たちは、鞍嚢から取り出した「対トルク兵器」を敷設し終えていた。

「ではゆくぞ。ミゲルの炎第一陣、点火——！」

ケイロニア史に「竜とトルクの戦い」と語り伝えられる奇怪な戦いが今まさに始まろうとしていた。

2

グインと《竜の歯部隊》が、トルクとの戦いに身を投じていた頃——

サイロン、タリッド地区の下町の辻である。

道と道が交叉する所は、かつての賑い——人々が集《つど》い、物売りが荷車をとめて果物や花などを商っていたのが嘘のように、人気《ひとけ》が絶え静まりかえっている。

四つ辻の中ほどには共同井戸があったが、魔道師事件のあと涸れてしまっていた。その涸れ井戸のつるべがからから音をたてている。風もないのに、つるべを結ぶ縄が揺れつづけ……

やがてつるべを揺らしていた犯人は姿を現わした。

トルクだった。

一匹ではない、十…二十でもきかない、百匹、いやもっと……。

つるべ縄をつたってチュウチュウと、あとからあとから井戸の底から湧き出るように。

黒とも灰色ともつかぬ毛皮の主が無人の辻をうずめ尽くすのに時間はかからなかった。

「売国妃シルヴィアを殺せ！」

「子どものかたき、女悪魔を引きずり出して八つ裂きにしちまえ！」

「そうだ、そうだ、殺っちまえ」

憎悪に狂ったサイロン市民を前に立ちすくんでいるのは、サイロンの復興相にして臨時の責任者、十二選帝侯中最若手アトキア侯マローンだった。

ドール暗黒神殿の司祭惨殺から始まった大暴動は最悪の事態をむかえていた。千人以上に膨れ上がった暴徒は肩や腕を組んで鎮静にあたる護民兵に対抗し、ついには幽閉されている王妃を私刑にかけようと闇が丘めざし動き出そうとしている。

若き選帝侯にとってまさに悪夢のようなできごとだった。サイロンの、今まで苦労や喜びも共にしてきた市民が狂気にかられ、人がちがってしまったように――否、異様なものと化して押しよせてくる。暴徒には女や老人の姿も多かったが、むしろ壮年の男より目が据わって、ぎらぎらと憎悪をたぎらせていた。

……怖かった。

それでも恐怖心をねじ伏せ、マローンは説得を試みつづけた。

「シルヴィア殿下が売国妃というのはまったくの讒言《ざんげん》である」

「あやしい流言飛語に惑わされてはならぬ」

「皇帝家――ひいては豹頭王陛下への敬意と信頼をとりもどしてほしい！」

しかしまったく聞き入れられず、逆に下町のどこにでもいそうなおかみに麺棒で打ちかかってこられる始末だ。

彼の片腕である護民官のアサスは民衆の暴挙にたまりかね、

「マローン閣下、ここは武力行使もやむを得ません。護民兵に攻撃を許可して下さい」

「ならぬ、それだけはならぬ。護民兵は民を護るものである。けっして刃を向けてはならぬのだ」

もしこの場に豹頭王陛下がいれば同じことを云うだろう、マローンは半ば狂ってしまった集団に対して防御用の盾で抑え押し戻す以外、一切の攻撃を許さなかった。

「……ですが閣下、このままでは護民兵にも怪我人や悪くすれば死人が出ちまいます。それぐらいやつらいかれてますよ。刃物や棍棒まで持ち出してきてる」

「あと少し、もう少しのあいだ堪えてくれ。すでに黒曜宮に救援を求めた。グイン陛下なら……陛下ならきっと、この事態をおさめる策をさずけてくださるはず。あとしばし持ちこたえてくれ！」

「お言葉ですが、もとはと云えばその陛下の奥方がこの暴動の原因なんじゃゃ……国王騎士団はそっちに先に派遣されてるんじゃないですか？」

たしかにアサスの云う通りだ。皇帝家の一員が暴徒の手にかかったりしたら国家の威信にかかわる。黒曜宮はシルヴィア皇女の保護をまず第一に考えるだろう。それにここまで怒りに我を忘れた市民を制圧するなど豹頭王その人にも無理ではないのか？　主君への信頼さえも揺らぎそうになる。

復興相に就任して以来最悪の情況にあって、経験の浅いつむりはいっぱいいっぱいに――彼のほうが発狂しそうになる。

（ヤーンよ！　この若輩者に加護を――市民を鎮める力をお授け下さい）

そこで思いついたのが、渾身の捨て身の説得だった。

彼は暴徒の前に出て、両手をひらいて叫んだ。

「私はマローン・マルティヌスだ。ケイロニア王グイン陛下からサイロン市を任された復興の責任者だ。黒死病まん延の折りには、病人の運搬や救命、市内の清浄にも携わった。この私からの頼みだ、頼むから落ち着いてくれ！　冷静になってほしい。ゾンビーの口寄せなどという自然に反したものがこのケイロニアにおいて正義の告発であろうはずがない。心をしずめて考えてもみて……」

しかし――

集団ヒステリーにとりつかれた女たちは――男もだが――マローンがサイロンの救世主の一人だったことなど忘れさったように、口々に「殺してやる」「復讐してやる」「売国妃」と喚《わめ》きながら殺到してきたものだから――

「閣下、危ない！」アサスが真っ青になって叫ぶ。

何十人もの暴徒の下敷きになりかけたマローンを救ったのは、脇からさっと走り寄ってきた騎馬だった。間一髪のところで鞍つぼに引っ張りあげられ、マローンはぼう然とつぶやいた。

「あなたは、……将軍？」

ケイロニア軍の鎧は付けていなかったが、騎手は護王将軍トールにまちがいなかった。

「大事なお命をばかどもの前に晒《さら》すなんて、危ないマネは絶対しちゃいけませんよ」

「すまぬ。ついカッときてしまい……助けてくれてありがとう、トール将軍」

「アトキア侯爵様は俺にとって、豹頭王陛下の次に大事な御方なんですからね」

かつて黒竜騎士団でグインの先輩であったアトキア生まれの元傭兵はにやりとした。

「しかし、なぜあなたが？　そのすがたは公務ではないのですか？」

「詳しいことは後ほど、今はこの暴徒をどうにかしなきゃなりません」

「ああ、もちろんです。トール将軍には――何か策が？」

「ええ、パロの内乱でクリスタル市民を食い止めた手腕をお見せしましょう」

国王騎士団はトールだけではなかった。下町の路地にいつのまにか何騎も姿を見せていて、トールどうよう目立たぬなりで、暴徒の外側からトールに合図を送っている。

「よし、作戦開始だ。アサス殿、いったん護民兵を暴徒の前から退かせて下さい」

「ええっ、トール将軍そんなことしたら、やつらそれこそ歯止めをなくして……」

「そんなこたぁ承知の上だ。今は俺と、国王騎士団特別機動部隊を信じて任せてくれ」

「特別機動部隊？　そのようなものがいつ出来たんだ」

「アサス、トール将軍にお任せしよう。とにかく暴徒を食いとめねばならぬ。どこかでこの流れをとめないとサイロン全体がなしくずしにシルヴィア妃のもとへ押し寄せかねない」

「……はい、わかりました。暴徒の先頭と接触している兵は無理でしょうが、周囲の者はいったん退かせることにします」

「そうだな。前線の者には悪いが、この方法がいちばんてっとり早い」

そう云うと、護王将軍は配下に手旗による合図を送りかえした。

それから腰のもの入れから仮面のようなものを取りだし、マローンとアサスに投げてよこす。自分も手早く付ける。口と鼻を覆う、目の部分だけが透明になった仮面である。

「このマスクを付けておいて下さい。護民兵の分まではないが、手巾《しゅきん》のようなもので顔を覆うよう指示をだして下さい。さあ行きますよ《サイロンの涙》作戦開始！」

（サイロンの涙だって？）

マローンは初めて耳にする軍事行動に仮面の下で目をおおきくする。

トールがさっと大きく手を上げると、仮面を付けた騎士たちが暴徒に向かって革袋にはいったものをバッと振り撒いた。それは赤みを帯びた粉だった。

　隠密騎士がひそんでいたのは路地裏だけではなかった。下町の家々の屋根にも平服の男たちが上っていて、懐から出したちいさな巾着を群衆に向けていくつも投げつける。巾着は空中で口がほどけその中からやはり赤っぽいものが舞い散った。

　群衆の頭上に一瞬赤い靄《もや》がかかって見えたほどだ。

　赤い粉を浴びせられた暴徒は、猛烈なくしゃみと目のかゆみに見舞われた。立て続けの激しいくしゃみ、そして滂沱《ぼうだ》の涙で目をあけてもいられなくなる。護民兵に刃向かうどころか、まともに立ってもいられなくなり、つぎつぎその場にへたり込む民衆をマローンはぼう然と見つめ、「いったい何をつかった……トール将軍？」

「ヤクの赤い粉とイトスギの花粉からつくられた催涙薬だそうです。薬師《くすし》のニーリウス殿の調合ですよ。まだ動物実験段階だと聞いてましたが、これほど効果があるとは。さすがカシス神殿で天才と云われただけはある」

（ニーリウス、ニル……）

　マローンは豹頭王の仮面を付けたひきこもり青年を思いだし、内心うなった。

「グイン陛下はこのたびの怪しい事件への対策として、風が丘の国王騎士団を二手に分けることをお考えになったのです」

トールは今回の隠密行動についてマローンに説明してくれた。

この間《かん》、暗黒神殿を襲撃した暴徒は、涙とはなみずで著しく戦意喪失――というよりヒステリーが治まった女たちは、ここまでの行動を恥じてか亡くした家族のことを思い出してかクスリの効き目がきれても泣きやまず大泣きしつづけるので、護民兵や国王騎士団はそれはそれで手を焼かされはした。

トールはつづけた。

「豹頭王陛下は、サイロンに怪しいきざしが表われてから市内に細作《さいさく》を放っていたんです。どんなささいな異変も逐一報告するようにと――」

今回の暴動も、ごく初期の段階で豹頭王の許に情報は届いていたのだという。すぐに豹頭王の勅命によってタリッド地区に黒竜・金犬・飛燕の各騎士団の猛者が身分を隠して潜入し、すわ一大事にそなえて配備された。トールも志願して、西サイロンの小離宮に配下の騎士と共に待機していたのだ。

「恐れ多くも大帝陛下が市内を巡幸されるさいの御座所にですよ」

片目をつむってみせる。

「それでもゾンビーの口寄せなどという魔道がらみには面食らいました。おかげで黒曜宮のグイン陛下との連絡・連携に手間どってマローン殿や護民官をやきもきさせることになり、そこは申し訳なく思ってます」

　グインは黒曜宮の広間でみずから《竜の歯部隊》を率い皇女保護に出陣すると宣言した直後、狼煙《のろし》を焚《た》かせ、タリッドに配備した機動部隊に作戦行動の指示をだしていたのである。

「口入れ屋の裏で情報の売り買いもするライウスが、護民兵らしき男にシルヴィア皇女が闇が丘におられると教えたことを細作はつきとめています」

　護民兵ときいてアサスは俄に顔色を変える。

「いったい、そいつは誰なんだ！」

　話の途中で、アサスのところに護民兵がやってきて耳打ちをする。

「トール将軍、捕縛した暴徒の中にくだんの護民兵はみつかりませんでした。……それだけではありません」

　暴徒の集団はもともと女と老人の多いグループと、体力があり足も早い壮年の男のグループとに二分化していた。後者は人数こそ少ないが最も過激で危険性のある一群である。皇女は闇が丘にあり！　そう叫んだ男が統率をしていた。かれらは催涙薬をかぶりながらも護民兵の防壁を突破し、タリッドからケルン区をつっきって闇が丘に向かったらしい――。

　報告をきいてマローンはうめく。

「たいへんなことになってしまった……将軍」

「もちろん次の手を打ちます。それに闇が丘の館を警護しているのは国王騎士団だ、そう簡単に暴徒の侵入をゆるしはしません。で、閣下——」トールに耳打ちされ、マローンはさらに驚くべき豹頭王の機略を知った。

口入れ屋ライウスをたずねた護民兵はどうやら暴徒を煽動した男と同一人物らしい。

「細作部隊はその煽動者をこそ拘束するよう命じられていたというのだ。

「細作部隊はどの一人もとてつもない健脚なんだ。速いだけじゃない、馬より長距離を走りぬける。必ずや暴徒に追いついて、闇が丘襲撃を防ぐでしょう。おそらくグイン陛下はあらゆる事態を考えぬき、二重三重に王妃様を守る策を講じている……そうとしか思えない。やはり並大抵の御仁じゃない」

「知を尽くして、情をまっとうする。これ最高の智将なり」

マローンは思わずしらずつぶやきを漏らした。

「アレクサンドロスの兵法書にあるのだ。ボッカに喩えるなら数十手先までも考えぬいて手を打たれているグイン陛下こそ、真の智将であり、それでこそサイロン——ケイロニアの民を治めるにふさわしい情を備えた王だ、今さらながら感じ入ったぞ」

しかし——マローンがアサスに説明する最中にも、また別のところから火の手が——

悲鳴と絶望の声があがったのだ。

おおぜいの人々の悲鳴じみた声に、チュウチュウという鳴き声が、とり囲み押し寄せる波音のように混じりこんでいた。

「たいへんです！」

護民兵が報告にくる。

「タリッド中央でトルクが大発生してます。そ、そのとんでもない数に市民はおびえて、家から一歩も出られないでおります」

十万か百万もっとか、かつて見たこともないトルクの大群によって通りも路地裏も埋め尽くされているという。

「畜生《ドール》！　いくら鼠の年だからって、当たり年にもほどがある」

幾多の戦場を経てきた将軍が思わずというふうに毒づく。

「トール将軍、トルクの群には打つ手がないのでしょうか？」

《まじない小路》の襲撃を思いだし、マローンはつい後手に回った言い方をしてしまう。

「いや、どれだけ数が多くても相手はしょせんねずみ野郎、人間の知恵のほうが勝っているはずです。俺たちもグイン陛下の勅命をうけた特別機動部隊なんだ！」

「……トール将軍」

「そんなとんでもない数でこられるとは思わなかったが、いやボヤくひまに退治法を考えねば。ねずみ退治の切り札なら、かの薬師殿から貰いうけてきている。トルクを引き寄せ一網打尽にするという誘因剤だ。そいつをつかって大掛かりなねずみ取りをしかけることにします」

「将軍、サイロンのためなら私もできるかぎりのことをします。手伝えることがあれば何でもいって下さい」

「マローン閣下、ならばカーテンです。護民兵に命じてありったけのカーテンを集めさせて下さい。それから縫い物の出来る者も必要です」

　トールが何をするつもりかマローンには予測もできなかったが、信じて任せてみようと考えた。

「わかりました、トール将軍。アサス、市民に事情を話しカーテンを供出させてくれ。それから針仕事の得意な者を知っているか？」

「了解です。お針子といえばサルビア・ドミナだ、何十人も抱えている。どの娘も腕っこきと聞きます。——おい、ギース！　お前はカーテンを集めにいけ。それからラム、大急ぎでサルビア・ドミナの店へ行ってきてくれ」

　アサスに命じられ通りを駆けだしてゆく護民兵を見送りながらマローンは少しく不安げな面持ちで、「……将軍、うまくいきますよね」

「もちろん。豹の大将からの命は絶対だ。サイロン市民の平和な生活をとりもどすため、なんとしてもやってやりますよ」

剣だこのあるごつい手が、若きサイロン長官の肩を力づけるようにたたいた。

＊　＊　＊

一方——狼が丘に沿う街道で、トルクと会戦している《竜の歯部隊》である。

怒濤のように寄せてくるトルクに向けて、最前列の騎士が撒いたのは油であった。すかさず二列目に控えた騎士が、ケムリソウを球にしたものに火をつけ投げつける。花火につかわれるケムリソウは燃えつきやすすく弾けやすい。ボンッと火花を弾けさせレンガに撒いた油に火をつける。めらめらと炎が上がる。

トルクの群は、《竜の歯部隊》の「ミゲルの炎」に向かって走りこんできた。

ゴオォッ。

チュウゥ……。

何百何千ものトルクが自分から炎の罠に飛び込み、たちまちのうちに獣毛と肉の焼ける異臭があたりにたちこめる。

火の海を転げ回るトルク、苦悶の鳴き声……。火の女神レイラがドールに犠牲の獣を捧げわたす凄惨きわまりない儀式。

激しい炎とつよい臭いとに浮き足立つ軍馬に、《竜の歯部隊》の騎士たちはどうどうと声をかけ手綱をひきしめる。

そのありさまを見つめる豹頭王の双眸を炎がはげしい色あいに染める。おのれの利益のために小さな獣を操る者へ瞋恚《しんに》をたぎらせているかのようにも見えた。

「ガウス——」

「はっ」

「来るぞ、本隊が」

特殊部隊の将もおののきを隠せぬ。

来る、ついに再び現れた！

《まじない小路》、風が丘なる黒曜宮、星陵宮にも現れ、ケイロニアを脅かし、豹頭王に傷を負わせた魔獣——大トルクが戦団を組んで！

ミャオにも勝る体軀、凶悪な門歯を剝きだし、炎の海をおのれの身にも炎をまとい、黒焦げになった仲間の屍を踏み越えて、《竜の歯部隊》の前に次々と飛び出してきた。

「マルーク！」

「マルーク・ケイロン！」

ケイロニアの騎士たちは、いっせいに長剣をひき抜いた。

「マルーク・グイン！」

火の粉を散らし躍りかかってきた大トルクに豹頭王の大剣がうなりを上げる。

鮮血がとび、獣はまっ二つにされる。

騎士たちも豹頭王に続けとばかり次々トルクをほふってゆく。

ひらけた場所での戦いは、《まじない小路》とちがって人間側に分があるようだった。

「ミゲルの炎」――油と火球の罠による類焼も騎士たちは被らなかった。《竜の歯部隊》の軍馬にはトルクを怖れ逃げないように特別な訓練がほどこされていた。悍馬《かんば》の蹄《ひづめ》にかかって絶命するトルクも少なくはなかった。

それでも巨大な数の敵の前には絶対有利とはいえない。

いくら燃やされ切り払われても、後から後から無尽蔵に湧き出てくるのだ。特殊加工の鎧と盾のおかげで、かなりのところ門歯の攻撃は防げているが、この数の脅威には、いかな精鋭でも生身の騎士であるからにはやがて焦りと疲弊はつのってくる……。

それにいつまでもここで足止めされていたら、闇が丘の皇女保護という目的が果たせないではないか。

左に右にトルクを切りとばしながら豹頭王はガウス将軍に馬を近寄せる。

「ガウス！　わが方に目立った損害はあるか？」

「はっ、今のところ――軽い火傷を負った者だけで、重傷者は出ておりません」

「そうか」

思索をめぐらしながらも、利き手の剣はまるで機械であるかのように敏速に的確に敵を切りとばし続ける。

「きゃつ、あるいはきゃつらの企図は俺たちをここで足止めすることにある」

「――はい」

「このまま傀儡にされた獣と戦いつづけるのは無意味！」

かぶとに護られていない豹頭の首筋をねらって歯を立てようとしたトルクを左手で摑み、ぐしゃりと摑みつぶすと云った。

「トルクたちを操るものが影にひそんでいるはずだ。まじない小路で見かけた魔道師が――」

灰色の魔道師！――今だわずかな手がかりも摑めていない。

戦闘のさなかガウスは身じろぎする。

「わかっているのは、そやつの狙いとはケイロニウス皇帝家、そして――」ぐしゃり、さらにもう一匹、血飛沫《しぶき》が豹紋を汚した。「俺だ」

ガウスは豹頭王――ケイロニア大元帥の示唆を、飛びかかってくる魔獣を切り払いつつ聞かねばならない。

「まじない小路でも感じた、きゃつの狙い、敵意が向けられているのは誰なのか？　今も、皇女殿下のもとに向かう足を止めることで、俺の焦燥を煽り痛手を与えようとしているとしか思えぬ」

「陛下、何を仰る……」

面頬の下でガウスは顔をひきつらせた。グインの口調がまるで解きかせるようだったからだ。

「きゃつの狙いが魔道師事件の時のように、わが心臓ならこれを餌におびきだせるかもしれぬ。グラチウスはシレノスの貝殻骨と云ったが、皇女殿下のお命に替えることはできぬ。《竜の歯部隊》は妃殿下の保護を優先せよ。よいかガウス、このまま闇が丘に急行するのだ」

（陛下……）

ガウスは心中呻きを漏らした。グインが考え、云わんとすることを読んで。

大国の実質的な支配権を皇帝から譲られた、グインは今ケイロニアにとって欠くことのできぬ存在だ。しかしまた比類ない戦闘力を持つ王が敵本体に詰め寄る時、援護の部隊さえも足手まといになることは過去の幾多の戦場に証明されている。

グインが全知全能を戦いの場で解放できるのは、一人の戦士となった時だ。そのことを知るのもまた日頃訓練を共にする《竜の歯部隊》なのだった。

「よいか、ガウス」

「陛下――」

ガウスはグインをひたと見つめた。そこには豹頭王とこの将軍にしかありえぬ絆があった。陛下ならば、けっしてお命を落とすことはない。そう信じ自分たちは自分たちに課された任務を果たすのだ。この信頼という絆があったからこそ《竜の歯部隊》はこれまで難しい局面での任務をまっとうしてきた。

今またガウスは、舞い散る火の粉の中、魔獣との戦いの中で、この絶対の絆に賭けた。

「陛下、ご武運を」

グインのいらえはなかった。

その時すでに愛馬から巨軀を躍らせ、怒濤のようなトルクの群へ飛び込んでいたからだ。

豹頭の戦士は一個の戦闘機械と化して、常人の目にもとまらぬ早さで大剣を振りつづける。

《竜の歯部隊》は火炎と剣と騎馬の蹄をもってその進路を押しひろげる。

それは上空から見たならば、濃い灰色の波濤を、火を吐く黒鉄《くろがね》の竜がくさび形に切り裂いてゆく――凄絶かつ心魅するけしきであった。

「ウオォォォ――ッ」

腹腔に染みる豹の咆哮、だが大トルク達はびくともせず押しよせてくる。

「マルーク！」

「マルーク・グイン！」

騎士団のあげる鬨《とき》の声。

跳ね上げられ切り飛ばされる獣の肉片、血しぶき、炎、黒煙――。

蒼天の下、狼が丘ぞいの街道で「竜とトルクの戦い」はいまや絶頂をむかえようとしていた。

大剣を血と脂にぬめらせる豹頭王はそうしてついに捉えた、トルクの背後にひらめく灰色の衣を。

「トルクを操る者!」

豹頭王は呼ばわった。

「狙いが我が心臓なら、傀儡を押し立てる卑劣な戦法をとらず、その手で獲りにくるがよい」

挑発するかのように声を張り上げた。

「おぬしも男なら、剣を頼む者ならば――俺の前に出てこい」

チュウゥ、チュウ……。

途端にトルクのうごきが静まり、止まった。

暗灰色の凪のむこうに、同系色の頭巾が浮かびあがるように現れた。魔道ではなかった、地面に掘られた穴から出てきたのだ。

大柄な体に灰色の衣をまとった怪人。フードを深くかむり、わずかに猫背気味なのが不吉で獰猛な――手負いの熊《バル》を思わせた。

3

「……ぐ……ぐいん」

くぐもった声音。フードの奥からそそがれる眼光は異様に赤っぽく、トルクが人間に向けるようになった光と同じように見えた。つねの魔道師とちがうのは腰に長剣を帯びていることだ。

「あくま、グイン、豹頭の悪魔……」

乱戦のさなかに訪れた静寂《しじま》で、王と麾下の騎士はその声をたしかに聞き取った。

そして――

吹きならされる笛の音が、豹頭王にするどく目をほそめさせた。

ふたたび生ける怒濤が耳ざわりな鳴き声とともに動き出す。豹頭王めがけ押し寄せてくる。灰色の怪人も――刹那にマントをはね上げ長剣を抜きはなち豹頭王に殺到してきた。

並の俊足ではなかった。

しかもトルクが視界をさえぎり、かく乱する。

灰色の影が高く宙を舞い、豹頭に剣をふりかぶった。

王は野獣の咆哮をあげた。

「陛下！」

とっさに騎士の一人が短剣を投げたのだ。

キン！　怪人は刀身で短剣をふせぐ。

グインは顔面を襲うトルクを籠手をはめた甲で打って落とし、その陰から繰り出された長剣を愛剣で受けとめそのまま押し合うかたちになった。

もしトルクと乱戦を繰りひろげていなかったなら、騎士たちは例外なく感歎をもらしたことだろう。

豹頭王と鍔《つば》迫《ぜ》りあって、一合以上持ちこたえられる剣士がケイロニアに——地上に存在したことに！

（魔戦士なのか）

グインも驚嘆していた。

魔戦士とは、気力と執念をもって緒戦から相手を呑みこんでかかる、戦場で遭ったなら最も厄介な敵手——ゴーラのイシュトヴァーン王がこれである。

しかしやはりグインの膂力《りょりょく》に勝れるものではなかった。

怪人は力負けして押し返され、後ろに倒されかける。すかさず援護の大トルク達が飛びかかってきて、グインの腕にかじりつこうとする。グインの鎧と鎖帷子《くさりかたびら》にはニーリウスの調合した忌避剤がほどこされているので、歯を立てるや悶絶しもんどり打って落下する。

チュウゥゥッ。

トルク達は無念そうに唸りながらグインをいくえにも取り巻く。その双眸には異様につよい真紅の光が灯されている。

穀物倉や食糧庫を荒らす害獣ではあるが、かくも憎悪の目を向けてくるとはあやしすぎる。それ以上にあやしいのは——

灰色のフードの奥からそそがれる憑かれたような目だ。

「なぜ我が軍の行く手をはばむ？　なぜ、俺を悪魔と呼ぶ——グラチウスに唆《そそのか》されたのか？」

「グ…イン、おまえ……あくま……ドールの手先……シル……アさま……いった」

男のしゃべり方はたどたどしく、脳に障がいでもありそうだ。しかしシルアとは——

——？

グインはハッとしたように、

「まさか、おぬし……シルヴィアの？」

フードに隠された顔を確かめようとする。

男は後ずさる。その暗い情念をたたえた目は、病みすさんだ女を王に思い出させた。

「……パリス、パリスなのか？　シルヴィア殿下の従者の」

キェーッと怪鳥《けちょう》のごとき気合いを吐き、男はグインのふところに飛び込んできた。

「よせっ」

突きから身を躱《かわ》したが、グインの左の肩口は横薙ぎに切り裂かれた。鎖帷子のおかげで深手には至らなかったがたくましい腕にじわじわ血が滲みだす。

「……仕方ないことかもしれぬ」

その痛みと出血より深い痛手を王にあたえる、まさにシルヴィアは《シレノスの貝殻骨》だった。

「悪魔と呼ばれても仕方がない。あのひとにはそのようにみえるのだろう、この豹頭が。俺を憎み、パリスお前を頼みにするのも当然だ……」

グインはうなだれ、剣を握る手をだらりと下げた。

「陛下、いけませぬ！」

騎士たちは悲鳴をあげたが、トルクの群にさえぎられ近寄ることもならぬ。

しかし怪人もその動きを止めていた。

（ち……ちがう……）

フードの中で口だけが動いていた。常の機能がうしなわれた舌をけんめいに意に従わせようとしていた。

「……ち……ちが…、それ……ちがう、ちがう…！」

「お護りしたかった、しようと思ったのだ。お心も、お体も……」

王は戦いのさなかであることを忘れたように云った。目の前の相手に対してというよりも、むしろ——

「シルヴィア皇女をお護りするため軍をひきいてきた。結婚後さまざまなことがあり、あの人を寂しがらせ失望させ、おそらくそのせいで退けられた……だが愛おしく思っていた。夢はやぶれ今に至ったが、サリアの誓いにうそ偽りはなかったのだ」

この場に彼を導いた運命、ヤーンそのひとに弁明するかのように。その思いは長くグインのうちで吐き出す機会をもとめていたにちがいない。言葉の響きは深く重く真摯だった。

しかし一方トルクの怪人——パリスに訪れた変化は、グインの告白によって引き起こされたものでもなかった。他に心情にひっかかる、それだけはなんとしても否定しなければならない、やむにやまれぬ所があった。

真剣で、命のやりとりをする場にあって、二人の意思はかくも嚙み合っていなかった。おそらくは一人の女人の存在ゆえに……。

「シルヴィアさま、おれを頼りになど……お心を傾けたりしない。ちがう……ちがうのだ」

そう云ったことで脳の配線がただされ、正気をつなぎ直したかのように、パリスの目にあった異様な殺気は薄らいでいた。

「俺があの方を、勝手に想っていただけだ」

同じせりふを地下牢で、シルヴィアと姦通したとがで責められていた時も云い張っていた。今もパリスの言葉の重みを――《真実》を王は聴きわけ、「おのれの妻を寝取った男」ではなく、一人の女を心から愛した者として見つめなおした。パリスという従者は、命ごいに姦通は王妃から誘われたと云い逃れることもできたのに、厳しい拷問にかけられてなお、おのれ一人で罪を引き受けようとした……。

グインはそのことを覚えていた。

「皇女殿下――いやシルヴィアを真実愛しているのだな、おぬし」

その言葉にはある意味、剣戟《けんげき》より威力があったのかもしれぬ。何かにうたれたように、パリスは身をおののかせ、

「うう……っ」

痛切な呻きを漏らした。

グインは畳み掛けるように云った。

「ならばなぜ――そのシルヴィアを暴徒から守ろうとする俺たちの足止めをするのだ？　誰かに教唆《きょうさ》されているのか？　なぜシルヴィアを想うおぬしがこのようなことをする」

「……………」

「もうひとつ聞く。俺を憎むのは解るが、なぜトルクを操りケイロニアの民に仇をなすのだ？」

またもや苦しげな呻き……。

「おぬし一人の企てではあるまい。トルクを操っておぬしを牢から逃がし、ケイロニアを憎む心を植え付けたのはいったい誰なのだ？　グラチウスなのか」

「ちがう……ち…が……」

ふたたび退行したような言葉づかいになる。やはり何者かに脳《つむり》を支配されているようだ。

「グラチウスではないのか？　では誰なのだ、シルヴィアが俺を悪魔と罵っているとおぬしに教えた者は？」

――そやつこそケイロニアを呪う者ではないのか？　憎むべき真の敵、黒死病によって大勢の市民を殺《あや》めた下手人ではないのか？

「ケイロニア……憎んでなどいない……おれ…おれはシルヴィアさま……シル……」

パリスはそこまで云うと、はっとしたように豹頭王をみかえした。その時、目にひらめいた澄んだ光を王は見逃さなかった。

「頼む、教えてくれ。俺はシルヴィアを救わねばならぬ――あのひとにかけられた恐ろしい嫌疑と、民の憎しみを剣以外の方法で払いのけねばならぬ。おぬしがシルヴィアを案じるように、ケイロニアも思っているのなら、教えてほしい。事件を裏で操る者をつきとめ、シルヴィアを救うために。頼むパリス」

「……ウ、ウゥゥ」

パリスは頭をかかえて呻いた。傷だらけの顔にびっしりと汗の粒が浮かんでいる。まるで内側から責めさいなまれているようだった。まるで、正と――そうでないものとに引き裂かれるように。

「パリス――」

王が一歩詰め寄ると、パリスはさらに激しくおめき、手にした長剣を振り回した。頭痛に苛《さいな》まれ苦し紛れのようではあるが、パリスの剣の腕はあなどれぬ。グインは愛剣を構えなおした。ふたたび剣と剣とが激しく火花を散らす。

何度目かにぶつかりあった時、グインの鍛えられた業物《わざもの》によってパリスの剣は根元からくだかれ、折れた切っ先が路面に突き立った。

勝負あった――と、グインは剣を納め間合いを詰める。長い腕で当て身をくわす。パリスは大きく上体を反らして王の拳を躱した。

瞬間きらめいた銀の光。パリスは銀の鎖で首になにかを吊るしていた。グインはするどく目を細め、次の刹那パリスに躍りかかった。

組みかかったがパリスに足払いをかけられ、どうっと二人同時に倒れ込み上下を奪い合うかっこうになる。

グインはまぢかくした相手の目に、真紅のかぎろいが戻っているのを知った。やはり魔に憑かれた戦士なのか？　組み敷いたとたん真下にすべり込まれ、片足で巨軀を押し上げられ投げ飛ばされてしまう。

パリスはぱっと跳ね起き、街道のレンガを割って口を開けている大穴へまろぶように駆け込んだ。何匹ものトルクが飛ぶように後を追う。

地響きすさまじく着地したグインだがどこも痛めはしなかった。

その手にはパリスが首に吊るしていた象牙色の飾り。投げられながらも、なかば本能的に鎖をひきちぎり奪い取ったのだ。獣の牙で作られたらしいそれは、ちいさいが楽器のかっこうをしている。

（ふえ……アガリオンの鼠笛）

豹頭王は手の中のものを握りしめると、地底までもシルヴィア妃の愛人を追っていった。

＊　＊　＊

一方、黒曜宮のハゾスである。

ケイロニア宰相は失意のどん底に沈んでいた。

嫡男のリヌス子爵が落馬によって死に瀕している、サイロン市民が暴徒となって闇が丘に押し寄せている――まちがいなく人生最悪の時間を送っていた。

しかも目をあけているのに、過去のあやまちや、悪夢でみたけしきが次々と浮かんでくるのだ。その中心にいるのはシルヴィアが産んだ、目の色が左右で異なる嬰児《えいじ》だ。ロベルトによってシリウスと名付けられ、秘密裏にローデスでそだてられることになった不義の王子である。

（あれはケイロニアにとって悪い種子なのだ。グイン陛下の胤《たね》でない男児など――生まれてきてはならなかったのだ）

思いあまって、この手にかけたと嘘を云ってしまった。いや黒曜宮の広間で云ったのは本心だ、不義の王子は抹殺すべきだと思い込んでいたからだ。宮廷貴族や武官の手前ああ云うしかなかったとは云うまい、夢の中で異形の赤子の首を絞めたり凍った河に投げ落としていた。無辜《イノセンス》の命を幾度となくその手で……。

だが豹の恐ろしい目に晒されたあの時、「嬰児殺し」が人として大事なものを自ら捨てさる行為だと気づかされた。

（いつの時かアキレウス大帝に云われたことがある。——ハゾス、お前には解るまい。男に生まれ、ランゴバルド侯爵家を嗣ぎ、グイン王の股肱《ここう》となり宰相に就任したお前には解るまいと。女に生まれ、貴族や女官の評判がいいとは云えず、妻子もちに道ならぬ恋をし、あげくダンス教師の誘惑にのったシルヴィアの気持ちはわからない——と。では大帝陛下にはお解りになられるのかと問い返したら、皇帝としては無理だったが一人の父親としてなろう限り解ろうとしたと……。あの時大帝陛下が私に何を諭されたかったのか？　今やっとわかった）

リヌスの悲報によってだった。息子を失う痛みと悲嘆がハゾスに学ばせた。あまりにも高く傷ましい授業料だったが。

選帝侯やケイロニアの政治家である前に、人の子の父親であるとはどういうことなのか？

皇女誘拐に端を発する第二次ユラニア戦役で、一人の父親として娘を救ってほしいと懇願した大帝。

そして自分の子ではないと知ってなお、罪のない赤子がまつりごとの犠牲になったことに激怒し、ケイロニア皇帝家の誇りを失墜させた《売国妃》のため千騎の精鋭をひきいて出陣していった豹頭王グイン——。

グインの情け深さを《シレノスの貝殻骨》と考えたが、それは心得違いであった。かよわい女人ひとり救えずして、何百万の人の上に立つ価値がその男にあるだろうか？　もし見殺しにしたら、神ではなくおのれの良心に罰され続けるだろう。

（アキレウス帝は正しい）

（グイン陛下は正しい）

（自分がまちがっていたのだ……）

だが、一人前の男が、大ケイロニアの宰相ともあろう男が、自分のこれまでの行動やとった工作をすべて否定するとはどういうことか？　くるおしく辛い、生きながら魂をやすりにかけられる心の働きにハゾスはとらわれていた。

ぼんやりと視界にうつる居室のようす、くだんの美女の肖像画のほかに、天井にもとどく書棚に詰まった責務の数々、それに――

文官筆頭には要のないものだが、かつて暗殺未遂に巻き込まれたこともあり、愛剣――皇帝と豹頭王とに捧げたものだ――が置かれていた。

自ら剣をとって愛息に指南した日々がよみがえってきた。が次の瞬間、健やかだった日々をまっ黒い翼影が覆い尽くす。

（……おまえの父親は生きるに価しない男だ、リヌス）

ふらりと書き物机から立ち上がる。壁際まであゆむ間に思い出したのはネリア夫人のことだった。愛妻とは云うものの、選帝侯の家に生まれた宿命で結婚は親同士の取り決めだった。だが連れそううち育んだ情愛は大恋愛の末にむすばれた男女にも劣らないと思う。

（ネリア、愛しているよ。今までありがとう、私には過ぎた妻だった……）

そして愛剣に手をのばす。

鞘を払って刃を目にした時、めくるめく人生のいくつかの場面がよぎった。中でも燦《さん》然《ぜん》と光放つのはやはり豹頭人身の戦士との出逢いであった。

その時――

カツンカツンという、床を木の枝で叩くような音が聞こえてきたような気がした。

抜き身の剣を手にしたハゾスが扉を向くと、その扉がいきなり開いて大柄な体が突進してきた。

何者か誰何《すいか》するひまもなく剣をもぎとられていた。ハゾスは突然の闖入《ちんにゅう》者をぽかんとみつめた。

色の白い顔にそばかすが浮いている、水色の目、純朴そうな顔だちの若者だ。簡素な、しなやかそうな革服を着ている。どこの部署の者か思い出せぬ、それ以上に謹慎中の宰相の部屋に断りもなく入ってくるとは……

「…ぶ、無礼者！　この手をはなせ」

「放しません。だんなさまからのご命令です。宰相閣下は思いつめているかもしれない。チトー、おまえは先に行って、もし危ないことをなさるようならお止めせよと」

「危ないことだと？」

そう云われて、チトーと名乗った青年が握っている愛剣をみつめる、焦点の合った目で。

「これを、私がか……」

にわかに行動に自信がなくなった。なぜ剣を抜いたのかさえ覚えていない、たった今自分は何をしようとしていたかさえ。

「……いま、だんなさまと云ったな、おまえの主人とは誰なのだ？」

若者は答えなかった、がっちりハゾスの手首を握りしめたままだ。にらみつけても動じたふうもない。肝が据わっているというより主人の命に絶対服従の犬のようだ。服装から馬廻り小姓より身分が高いとも思えないが……。

「ええい、放せ！」ハゾスは強くでた。「私は謹慎中の身である、闖入は胡乱《うろん》であろう？　早々に退去を命ずる」

「放しません。もうすぐだんなさまがお見えになります。宰相閣下に大事なお話がおありだそうです」

その間に木の棒で床を叩く音は近づいてきて、やっと扉に姿をみせた者にハゾスはため息を漏らした。

「……ロベルト・ローディン」

　盲目の選帝侯は片足をひきずり、杖にすがり立っているのもやっとのようだ。

「ハゾスどの、ああ……何ごともなくてよかった」

　安堵したように云うと、ロベルトはその場にくずおれた。すると今までガルムに吼えつかれても放しそうになかった若者が、ハゾスを放って主人のほうへ飛んでいき細身をかかえ起こした。蒼白な顔に汗の粒をうかべ、どう見ても心配されるのはロベルトのほうだ。

「一体いかがされたというのです？　そんなお体をおして……」大トルクに襲われて日が浅いことはハゾスも知っている。

「ご謹慎の由はお聞きしました。宮内庁長官のリンド伯と、副宰相エイミス殿に事情を話し、特例として面会許可を取りました」

　勘のいいロベルトは何事かよみとったようだ。「途中で胸さわぎがしたのでイトーを先にゆかせましたが、もしそれが無礼であるようにお感じでしたら、主人である私が謝ります」とハゾスに云った。

「そうだったのか……。あなたの胸さわぎは当たっていました。私は失策の数々に落ち込んで、自分で自分が何をしようとしているのかさえ解らないというありさまでした」

率直にみとめたのは、遅かれ早かれ真実は知られてしまうだろうと考えたからだ。

「失策とは何について云われてます?」ロベルトはしずかに問い質す。

「第一の失策とは、シルヴィア様のお腹は想像妊娠によるものであると、グイン陛下に嘘いつわりを云ったことです。今回の売国妃騒ぎに黒幕がいるとしたらまさにそこを突かれた形になった……。第二の失策は広間でグイン陛下に問い詰められ、赤子をこの手で殺めたと云ったことです。嬰児殺しがヤーンの逆鱗に触れたものか……リヌスは落馬で生死の境にあり、この上はもう生きる価値がないと、愛剣をぬいて眺めていたところでした」

「なんということ！　ご子息がそのような……気落ちされても無理はありません。さぞかしご心配でしょう、ハゾス殿」ロベルトの言葉に、ハゾスは肉親のような情の深さと繊細な労《いたわ》りを感じ取った。深い心痛さえ和らぐ思いがした。

「偽りはグイン陛下の心情を慮《おもんぱか》ったやむを得ない判断だったと思います。シルヴィア様の御子については、わたくしも同罪のようなものですし」

「……ロベルト殿」ハゾスはチトーを気にかける。

「チトーは信頼できます。わたくしの子飼いで、忠実に働いてくれます。光が丘から黒曜宮へと馬車を御してわたくしを運んでくれた」

そこでハゾスははっとした。「ロベルト殿、さっきあなたの御者が云っていた、私に大事な話があって参られたと。それはいったい……？」

盲目の選帝侯が重傷を押してまで宰相職を訪ねてきた——それこそ緊急事態ではないのか？　ハゾスは表情を堅くした。

「そうです、一刻もはやく黒曜宮にお報せせねばと思った……。そして、これは《星稜宮《スターランドパレス》》の決定でもあるのです」

ロベルトの改まった口調に、ハゾスの動悸はなおはやまった。

「スターランドパレスの決定……」

「光が丘の皇帝家の一員で、意思決定可能な方からグイン陛下へ、重大な伝言であり要望がございます。しかし陛下は、闇が丘のシルヴィア皇女保護に向かわれており、わたくしの一存で陛下の右に列する宰相、ケイロニアの重鎮として、ハゾス・アンタイオス殿にお伝え申しあげるものです」

使者に密書を託さず、選帝侯その人が急使に立つことがどれだけ異例で急を要する事態か、ハゾスが気づかぬはずはない。

（しかしなにもこのような時に、サイロンの暴動、シリウス王子のこと……ケイロニアを呪う者がいるのか？）

心中嘆息はしたが、忽ち一国の宰相の顔をとりもどして云った。

「皇帝家の唯一意思決定可能な方とは、オクタヴィア様のことですな」

「そうです」ロベルトは首肯《うなず》く、厳粛に。

「オクタヴィア様は、光が丘常駐の医師とご相談された上でグイン陛下にお頼りする決断をなさいました。大トルクに襲われてから昏睡のつづいていたアキレウス大帝のお脈が弱まったため、グイン陛下に一刻もはやく枕元に来ていただき、危篤のお父上大帝陛下を看取ってほしいと望んでおられます」

「しかし大帝におかれては、過去幾度となくドールの誘いをはねのけてきたではないか。今回も必ずお元気になられる、ケイロニアの獅子は不死身のはずだ。私は——信じたい」

「ハゾス殿、信じたいのはわたくしこそです。なれど今度ばかりは、わたくしの呼びかけに応えてもくれず、オクタヴィア様が付いていてらっしゃるのに……亡きユリア姫の名をお呼びになるばかりで……」無念そうにくちびるを噛む。かくも感情を表立てるなどロベルトには珍しい。

「カストール博士が医師団をつれて急診に向かわれました。この上グイン陛下が枕元についていて力付けて下されば——とも思いますが、オクタヴィア様が案じてらっしゃいます。もしこのまま大帝が崩御あらせられました場合、グイン陛下が皇帝の権威も得るのか、幼いマリニア姫が女帝としてご即位あそばされるのか？　もしもの場合にそなえ陛下からご遺言を託されている者が黒曜宮にいるのか？　幼子の母としてそれだけは知りたいと——姫のお心が痛いほどわかったのでわたくしから使者を願い出たのです」

　ロベルトの口上は、ケイロニア皇帝家が長年抱える問題の核心をついていた。布令《ふれ》ではケイロニアの第一皇位継承権は、いまだシルヴィア皇女にあった。しかもグイン王は第二皇位継承者ではなく、正式な皇位継承者は幼いマリニア皇女となっている。かつてダリウス大公の陰謀の傀儡にされかかったオクタヴィア様ゆえ不安もひとしおだろう。

「なんということだ！　グイン王とオクタヴィア様の継承権については選定侯会議で未決議のままだ。シルヴィア様は今や火中の栗……この私としたことがこんな大事なことを……抜かった！」ハゾスがほぞをかむのも無理はなかった。

「……わたくしは大帝陛下に、シルヴィア様の御子は死産だったと申しあげてしまいました。ハゾス殿が責めをおうのならわたくしとて同じ」

「ロベルト殿、私とあなたでは、まったく同じせりふを云っても、ヤヌス本人とドールが声色をつかったぐらいちがって響くな。心がちがうとはこういうことか？」

「ハゾス殿……」

「心配ご無用、もう変なことは考えない。わがケイロニアは大いなる試練を神に課されたようだ。かかる危急存亡の折にドールの国へ亡命など卑怯者のすることだ、ランゴバルド選帝侯は卑怯者にだけはなりたくない」

　ハゾスの声音には平生《へいぜい》の調子がもどってきていた。

「大帝のご容態をきいて逆にしゃっきりした——というのも妙に思われるだろうが、ヤーンの試練を乗り越えてこそケイロニアの男だ。獅子心皇帝がそうであるように、わが息子の命も絶望と決まったわけではない。リヌスは強い子だった、その命運を信じてやらなかったら今度こそ父親失格だ」

　無慈悲な運命に対し、それは人間存在の精一杯の虚勢だったかもしれぬ。だがこの情況でハゾスは口もとに笑みさえうかべていた。そうしてロベルトを思いやった。

「ご使者の労、心より有り難く存ずる。ローデス侯どうかお体を休めてください。なにか飲み物を用意させましょう」

「ありがとうございます。持ち直されたのはお声でわかります。お言葉にあまえ少し横にならせてもらいますが、ディヴァンでも今後の策は講じられましょう。リヌス様のことはきっと大丈夫……おためごかしではありません。わたくしにはつよく感じられるのです。ですからアルディス公子との養子縁組解消など云いだしはしませんよ」

「……ええ、その通りです」

　ハゾスは驚いてロベルトを見直した。繊細に感じていたのは、相手の心のひだを読みとるだけでなく、ものごとの先ゆきを緻密に見通す能力《ちから》だったと思い知って。

4

グインはトルクが掘ったとおぼしき竪穴を滑りおりていた。

グインの体格では腰を曲げてやっと通れるぐらいの径しかなかったが、長さのほうは数十タールはありそうだ。深さゆえ途中から光が届かなくなる、その闇の竪穴をパリスとトルクはものすごい速さで通り抜けていった。

つづくグインは重い鎧と具足が仇となって、だいぶ遅れたようだ。

それでも、ついに、せまい竪穴からそれが本道らしい巨大な地下道に至り、広い空間に足から飛びだした時には、反射神経をきかせ危ぶみなくレンガ敷きの床に着地した。

そこは闇の世界だったが、壁とレンガの間に生えている苔類のわずかな光だけでも夜目のきく彼が困ることはなかった。

（狼が丘の砦につづく地下道だな）

ケイロンの獅子の足裏にひろがるそこもまた彼の治める国土なのだ。

グインはパリスの足音とトルクの臭跡を追って走り出そうとした。

とその時、背後から絶叫がきこえた。

「うあっ」

「ああっ、陛下――――！」

グインに続いて竪穴を降りてきた《竜の歯部隊》の騎士たちだった。

降りてくる途中でトルクに襲われ鎖帷子の下の肌着の中に侵入され齧《かじ》りつかれたからだ。

「うあああっ」

急所に齧りつかれたのだろう、悶絶して穴から転げ落ちてきた。重い兜がわざわいして頭からレンガに叩き付けられる。二人の騎士が首の骨を折って動かなくなった。

「降りて来るな！」

配下の騎士を犬死にさせまいとグインは叫び、大トルクの門歯でつくられた笛をにぎりしめた。

「俺に考えがある、しばし地上で待機せよ」

竪穴の向こうから鈍く応答が伝わってきた。

深い闇の中をグインは走っていった。超感覚の持ち主でなくば不可能だったろう。はるか昔ケイロニアの建国期に掘られ、そして忘れ去られた洞道《トンネル》を、豹頭異形の王は、まるで真昼の馬場であるかのように走りぬける。

やがて地下道が広がるところに出た。ヒカリゴケの青白い光にぼぅと照らしだされたのは、地下の広場だ。もう一本の地下道と交差していて、そちらには地下水が滲みだしたものか底に水が貯まっている。さいぜん響いてきたのは、この水たまりをパリスが走っていった音にちがいない。

広場の中程に立ち、グインは笛を口にあてた。小さいながらもちゃんと吹き口と歌口がついている。平生楽器のたぐいに触れることのない王が、笛の肌に触れた時、その吹き方奏で方――さらにどんな威力を発するのかさえ予測できていた。

さらに豹の聴力は、最初に《まじない小路》で襲われた時、そして今日の戦いにおいてもやかましい鳴き声の向こうで鳴っていた音の高低をしかと聴き分けていた。

闇の中でトパーズ色の目がらんと燃える。

次いでグインがとった行動は意外なものだった。

鎧を締めている革ひもをほどき、ひき抜いたのだ。

ケイロニア大元帥の鎧が、がちゃんがちゃんと音をたてて脱ぎ落とされていく。

その下につけていた特別製の鎖帷子もすべて脱ぎ捨て、グインはたくましくきたえあげた筋肉質の体軀に、革の足通し、革のブーツという、辺境ルードの森にこつ然と現れた時と同じ姿になった。

そして――

豹頭の戦士は、厚い胸がさらに一回り膨らんだほど大きく息を吸いこみ、闇の中にひそんで不気味にこちらをうかがっている者たちにむけ笛を吹き鳴らしたのだ。

それはさながら、伝説の《笛吹きアガリオン》のようですらあった。

息のつづく限り吹き鳴らされる笛の音に、地下道にひそむ全てのトルクが誘いだされ、グイン目がけ怒濤のように押し寄せてきた！

＊　＊　＊

サイロン下町――

こちらもトルク相手に奮戦中のマローンと、護王将軍トールそれに特別機動部隊である。

トールは各家から徴集したカーテンをサルビア・ドミナのお針子たちに超特急で縫わせ、野営でつかうテントのようなものをいくつも作らせた。ふつうのテントとちがうのは底も縫い合わされ巨大な巾着ぶくろのようになっていることだ。

その巨きな巾着を屋根からトルクで埋め尽くされた路地に下ろしてゆく。天辺《てっぺん》の部分からトルクをおびき寄せる特別な誘引剤を振り撒くと、ひとつだけ付けた入り口からトルクがぞろぞろ中へはいってゆく。

二階家の屋根からねずみ取りの仕掛けを眺めマローンは嘆声をあげた。

「まるで魔道のようではないか！」

路地に敷かれた暗灰色の毛の絨毯がみるみる吸い込まれ消えてゆくようすは、まさにそうとしか云えなかった。

「布の裏側には強力な鳥モチが塗りつけてあるので、いったん中に入ればもう出てこられません」とトール。

「本当にすごい」

「お褒めにあずかりまして」トールは気取った礼をする。「すべて自分の手柄としたいところですが、ニーリウス薬師のおかげと、ねずみ取りの思いつきはグイン陛下の一言からです。陛下はこうおっしゃられた——トルクを一網打尽にするには火か水か、だが家が建て込んだ地域でそれもならぬ、ねずみ取りを仕掛けるしかあるまいと。そこで、ない知恵をしぼったというわけです」

「すばらしい知略だ」

「ニーリウス薬師の調合したえさには遅効性の毒が混ぜられているので食ったトルクはまちがいなく死にます」

（パロ伝来の毒の威力……）

薬師の手腕に感心しつつも、研究室に並んでいた毒薬の数々をおもいだしマローンはうすら寒いものをおぼえる。

「かの薬師を敵に回したくはないな」

ついうっかり口にしたのだが、トールは真顔で相づちを打つ。

「いやまったく。おふくろから医者と薬屋とは仲たがいするなと云われましたが、その通りですね」

そこへ、騎士のひとりが報告にやってきた。

「マローン閣下、トール将軍！」

報告はしぶいものだった。

すでに二十以上の罠を作って仕掛けたがトルクは半減してもいない。お針子たちは手を休めず縫いつづけているが、カーテンのほうが足りなくなりそうだ。それよりこのままでは殺鼠剤が底をつくだろう。それほどにトルクは大量だったのだ。

「どうしたら……」

「すぐに風が丘に伝令をやり、薬剤の補給を頼みましょう」

ふたりが相談を取りまとめるや否やだった。

「ウアァッ」さっきの伝令であった。

「どうした？」

振り向いた時すでに、護民兵は絶叫しながら屋根を落ちていった。

マローンが身構えると同時だった。

チュウゥ……

獰猛きわまりない、常のねずみとはあきらかに異質な太い鳴き声。

いつよじ上ってきたか大トルクが三匹、その大きさたるや中型の犬《バウ》にもひけをとるまいという……。真紅の目はまさに猛獣のそれだった。

長剣を抜き払いながらトールはしずかに、しかし厳しい声音で云った。

「俺が突きかかるすきに、侯は階下へ逃れてください」

「ひとりで逃げるなどできぬ。わ、私とてケイロニアの……グイン陛下に剣を捧げる騎士だ！」

あわててマローンも愛剣をひき抜く。

「生兵法は怪我のもとと云いますよ、おおっと」

トールは歯をむき出し飛びかかってきたトルクの眉間を正確に貫く。

「一撃で倒さないと――危いッ」

マローンに襲いかかってきたトルクの脇腹にトールは切りつける。逆にふところに飛びつかれ倒れた拍子に剣をとり落としてしまった。

「トール将軍……」

マローンの目の前を、人間と獣は転げまわる。

トールはのど笛に齧りつかれそうになりながら、懐から半月剣を抜いて大トルクの心臓をえぐった。

ホッとしたのもつかの間、もう一匹のこっていた。そいつがマローンに飛びかかってきた、まるで翼があるかのように。

「わあぁ……！」

マローンはとっさに頭をかばうが、魔獣はその首筋をねらって歯をむき出し——

「畜生《ドール》！」

叫んだトールも、マローン自身も死を覚悟したその時だった。

常人の耳には捉えられなかったが、トルクなら聞き分ける笛の音《ね》が——若きアトキア侯の命を救うことになった。

大トルクはマローンの肩口を、まるで跳ね板のように踏み切って軒下に飛び降りた。そのまま路地を目にもとまらぬ早さで走り去る。

その一匹だけではなかった。

サイロン、タリッド地区を占領していた全てのトルクがおそろしい早さで、まるで潮がひくように地の底へ吸い込まれていった。

「なんなんだ、やつら、いったい……どうしたっていうんだ？」

あやしい消失劇を目のあたりにしては、トールも呆然とつぶやくしかなかった。

＊　＊　＊

グインは地下道を疾駆していた、トルクの歯笛を吹き鳴らしながら。

伝説の、町の子どもたちを全員連れ去っていったという《笛吹き》のように、その背後に、数百万、数千万……いやもっと巨大な群をひきつれ、サイロン郊外、地下数十タッドの闇の世界をさながら神話のランナーのように走り抜けていった。トルクの波に呑まれまいと無闇矢鱈に走っているようでいて、古代に築かれた道をたどる豹頭王の足に一寸の迷いもなかった。

皇帝の先祖が脱出口を築いた話は伝わっているが、何十代もの御代のうちに史実は脚色され、少なからぬ歪曲もあったのだ。獅子心皇帝アキレウス・ケイロニウスから大ケイロニアの統治権を委譲され、この大国のありとあらゆる情報そしてまた有職故実《ゆうそくこじつ》にまでも詳細に目を通し把握につとめんとしてきた、施政者グインだけは、地下空間がどうつながっているのか正確な地図を描くとともに、この地下道の果たす真の役割さえも推理していた。

じっさいに地下の遺構に足を踏み入れ、レンガ等の構造物の劣化、地下水のしみ出しぐあい、地下通路に排水用の溝が掘られていること、脱出用でありながら一個大隊が通り抜け可能なこと等から類推力を働かし、ひとつの大胆な仮説をたてるに至った。

それは、《竜の歯部隊》すら困窮させたトルクを一網打尽にする唯一の策でもあった。洞道の一本をえらび走りつめ、やがて前方にみえてきたものによって、仮説の正しさは証明された。

狼が丘から闇が丘方向に抜けると思われた洞道はそこが行き止まりだった。

そう行き止まりだ。背後には巨大な波のように押し寄せるトルクの大群、常人ならば絶望いがい何ものでもないこの情況で、豹のトパーズ色の目には極めてつよい光——人智に野獣の本能が加担し、黒魔道の策謀を覆してきた——死そのものと組みうっても生還するという意思が決していた。

(やはり、ここか)

グインの目が見据えているのは、行き止まりになった地下道の人工的な構造だ。そこは巨大な石で組みあげられ大昔の建築様式がしのばれる。おそらくは数百年かの歳月によって摩耗した石と石の間を、湿度や微生物などによる浸潤・変質が逆に埋めこんで、《忘れられた遺構》をいっそう堅牢にしたものだろう。そこには円形の潜り扉《ハッチ》というべきものがあった。

——大いなるものを封じ込めているのだ。

秀でた聴覚は、その巨大なねむれる者の脈うちをしかと捉えていた。

古代の大公が脱出口に模して作った地下洞道、もしやサイロン市の宮城《きゅうじょう》を攻められ逃げ道を断たれた場合、敵軍をもろともに殲滅《せんめつ》する最後の大仕掛け——

「ケイロンの大いなる竜の口」

思わずというふうに、グインはそこに刻まれたルーン文字を読む。

その口には、ケイロニア公国の古めかしい紋様と、巨大な舵輪のような把手が付いていた。

グインは笛を吸って、寄せくる暗灰色の怒濤をおしとどめると、無数の真紅の目に睨《ね》め付けられながら青銅の輪を握った。

——はあっ。

腹腔から息をしぼりだし、竜の口を動かそうと満身の力をこめる。

しかし青銅の輪はグインの怪力をもってしても回すことができない。

裸の上半身に木の根をよじり合わせたような筋肉の束がうかびあがる。たくましい体がなおさら巨大に膨らんだかのようだ。それでも仕掛けは、永の時に錆び付いたものか動きださない。グインはさらに力をこめ、胸のうちで祈った。

（ケイロニアの礎をさずきし偉大なる御霊よ、われに力を貸したまえ）

歴代皇帝の霊に、めったに口に上せぬ存在に——

（神よ）

ミシッ、やがてギギギと軋《きし》むような音がして、建造このかた一度も使われることのなかった仕掛けがついに動きだした。ひとたび動き出すとそれは分厚く重い石をも転がした。とたんに潜り扉から、おそろしい勢いで水が噴出してきた。

まさしく、それは竜だった。

巨大な水の竜が身をくねらせ地下空間に暴れでたようなものだ。

ケイロンの大いなる竜とは地底湖のことであった。皇帝の先祖は地底に巨大なダムを築きあげ、サイロンの居城を攻められ逃げ道を失った際、覚悟をきめ追ってきた敵軍を道連れにしようとこの仕掛けを作ったのか？

否、そうではなかった。青銅の輪のすぐ上の石壁には階《きざはし》が掘りつけられ、それは一筋上方へつづいていた。グインは水流に扉がおし広げられるや否や壁に飛びついた。

おそろしい勢いで地下道に流れだした水はぐんぐん水位をあげ、よじ上るグインの足下に迫ってきた。

猛然と上りきって水魔の手を振り切ると、トパーズ色の目はいったん下方にむけられた。苦しみもがくひまもなく水に呑み込まれていったトルクを悼むかのように瞳は翳っていたが、上を向いた時には常の光をとりもどしていた。

そうして彼は長い階をのぼっていった。

「陛下、よくぞご無事で――」

裸姿で地上にあらわれた豹頭王に、待機していた騎士は歓声をあげ駆け寄ってきた。

グインは水しぶきを浴びた体を乾かす間も惜しんで闇が丘へ馬を駆った。

かくして――豹頭王、ケイロニアに蔓延《はびこ》るトルクを掃討せり。

この「竜とトルクの戦い」は、いくつかの余波――波紋をもたらすことになった。

まずサイロンの下町で、いくつかの涸れ井戸が俄によみがえった。

この水源から水道をひけばジャルナ地区の水問題も解決するにちがいない。これで復興は大きく前進する。

しかしヤーンが与えたもうたのは慈悲ばかりではなかった。

忘れてはならない。闇が丘へ向かった暴徒の一団のことを。

売国妃シルヴィアへの復讐心と殺意に燃えあがった男たち数十名。先頭に立つのは黒死病に妹を奪われたあの護民兵だ。狂気にひきだされた体力で、サイロン街道から丘の道までも駆けどおしに駆け、闇が丘へとせまった。

一方豹頭王の勅命でうごいていた細作部隊である。闇が丘《闇の館》の手前でついに暴徒に追いついたが、刃向かってこられやむなく剣を抜いた。闇が丘の森にて激闘がはじまった。

館を警護する騎士たちが剣戟の音に気づかぬはずはない。すぐに駆けつけ細作を援護すると同時に、館の女官に「どうやら暴徒は皇女殿下のお命を狙っている、ご油断めさるるな」と伝えた。

かわいそうなのは女官長の下で、シルヴィアに手を焼かされながら世話をしていた女官たちである。震え上がった。なにしろ日夜「豹頭王は悪魔！　自分を邪魔者にして、この館に閉じ込めた」という叫びを聞かされていたのだから。暗殺は王の密命ではないのか、恐慌におちいってはそう考えても無理はない。女官のひとりが進言した。

「女官長様、ひとまず皇女殿下を地下室にお入れしたらどうでしょう？　あそこなら刺客の目を欺けますわ」

女官長のマディラは、カストール宮廷医師長から「この病気は狭苦しいところに押し込めると悪化する」と申し送られていたので許可は出さなかったが、離宮内にたちこめる不穏な空気を察知したものかシルヴィアが騒ぎだしたのを、ティスという若い女官が麻酔ぐすりで意識もうろうとさせておいて勝手に地下室に入れてしまった。

館うちでそんなことをしているうち、暴徒と騎士団の激闘には、急行してきた《竜の歯部隊》によって終止符が打たれた。

騎士たちが、他に残党がひそんでいないか、万が一にも館うちに暴徒が忍び込んでいないか監視と警戒をつづけるところへ、豹頭王は到着したのだった。

しかし――

女官長マディラに案内させ、グインが見舞った病室はもぬけのから。

動顚しきったマデイラに代わって、グインは女官たちを集め自らひとりひとり問い質したところ、顔色を変えたのがティスであった。

グインはティス本人に案内させ、マデイラも一緒にカンテラを提げ地下階段を降りていった……

「シルヴィアでん……かぁ……」

長い階段の中ほどでマデイラはへたり込み半ば気を失ったようになった。ティスのほうは真っ青になってがたがた震えだす。

グインは——グインもまた、あまりのことに言葉をなくし、その場に呆然と立ちすくんでいた。

豹頭王が踏みしめる段の数段下まで水がきていて、ぶきみに暗い水面にカンテラの光は映され揺れていた。

離宮の最下層にもうけられた部屋は、地下水によるものとしか思われぬ、完全に水中に没していたのだ。

＊　＊　＊

その頃——

風が丘黒曜宮においても、ヤーンの手による数奇なタペストリは織りひろげられていた。

　ケイロニア宰相ハゾスの居室である。

　星稜宮より重大な報せを齎《もたら》した黒衣のロベルトはディヴァンに身を横たえている。下男チトーがかいがいしく吸い飲みで持参の熱冷ましを呑ませたり額の汗をふき取ったりしているところへ、だった。

「宰相閣下！」小姓のハイデンの声だった。

　やれやれと云うように、ハゾスは扉口に立った。いったい今度は何用なのだ？　自分は謹慎の罰をうけている最中なのに……。

「閣下、宮内庁長官のお許し、特別のはからいを得ております」

　ハゾスは小姓の声が悲報を伝えに来た時とはうって変わって明るいことにまだ気づかない。ランゴバルドの少年は顔をくしゃくしゃにしていた、その目は濡れていたが輝いてみえた。

「お喜びください、閣下。先ほど国元から再び急使が、先の使いの後をおって、悲報訂正のために参ったのです」

「悲報の訂正だと……」ハゾスはぼんやり聞きかえす、何を云っておるのかと。

「閣下、ご子息――リヌス様は大丈夫です。危篤状態に陥ってすぐ常駐のカシス医師団のおひとりが、思い切った手術をほどこされ、つむりの血の塊を取り除くのに成功したそうなのです。お脈も安定し、麻酔から醒めるとお母さまにかすかに微笑まれたそうです」

「なんだと！　い、今の話、私をぬか喜びさせるための作り話ではあるまいな？」

「なんの作り話なものですか。私、幼年から綴り方は大の苦手でいつも師に……いいえ！　このような折ですが、どうぞお喜びになって下さい。ご子息は助かったのです」

「おお、ヤーン……」

ハゾスは天を仰いで云うと、小柄なハイデンの胸にすがって男泣きに泣いた。


ディヴァンで、この一部始終を聴いていたロベルトが思わずというふうにつぶやいた。

「……神は奪い、また与えたまう」

かたわらのチトーが首をかしげる。ランゴバルド侯の嫡子が助かったというのに主人の声はすこしも浮き立っていなかったからだ。

黒衣のロベルトの顔は常よりさびしげで、どことなく近寄りがたく見えた——神秘的に。

かれはもう一度かなしげにつぶやいた。

「ヤーンは与えたまい、また奪いたまう」

あとがき

はじめまして、宵野ゆめです。

このたび、栗本薫先生のグイン・サーガの続篇プロジェクトに参加させて頂きました。どうかよろしくお願いいたします。

グイン・サーガ・ワールドでは、すでに外伝『宿命の宝冠』を書かせて頂き、それが自分のデビュー作となります。

その『宿命の宝冠』がワールド4で最終話を迎えプロジェクトの一期が終了し、心身とも虚脱していた頃、早川書房の阿部氏から連絡をいただきました。

「正篇続篇には宵野さんも参加して貰いたいと考えています」

グイン・サーガ・ワールドの第二期が始まり、五代ゆう先生と図子慧先生が執筆されることはすでに聞いており、羨ましい……というより、遠く眩《まばゆ》いもののように感じておりました。そこへ、自分も同じ土俵に上がれるという報が舞い込んだわけです。さすがに三秒ぐらい（ちょっと落ち着いて、よく考えてみて）はあったような気もしますが、ほぼ脊髄反射で「やらせて下さい、ぜひ！」と返信《こたえ》ておりました。

グインの物語——自分がまだ高校生だった頃、連載がＳＦマガジン誌上で始まった、大ファンだった栗本薫先生の畢生のヒロイック・ファンタジイ。第一巻の『豹頭の仮面』から胸をどきどきさせ、ノスフェラスの大冒険に時を忘れ、外伝『七人の魔道師』ときたら本篇のはるか先の時代、全百巻という未曾有の構想にため息をつきまくった……。

一読者としてグイン・サーガと栗本薫先生は特別でしたが、書き手を志す身にとっても栗本薫——中島梓先生とは特別な存在だったのです。

今を去ること十年前、インターネットの投稿サロンでみつけた「中島梓小説ワークショップ開講」の文字。大げさと思われるかもしれませんが、その一文が私の運命を変えた——決めたのだと思っています。あれこそ辺境ルードの森、あるいは古代機械の入り口ではなかったのだろうかと。

聖双生児リンダとレムスを古代機械に誘導したのはリヤ大臣でしたが、私の場合——生来小心者なので、ワークショップに参加したくてたまらないのに、三日迷ってまだ心が決まらず、情けないことに「昔からファンだった、今も大好きな小説シリーズの作者さんだけど……だからよけい、自分の書いたものを見せる勇気が……ない」家族に相談したのでした。しかし止められるどころか、同居人はドンっと背中から突き飛ばすように、「とにかく一回行ってみるんだ、行ってみないと何も始まらない」

まず一歩、ふみださないことには何も始まらない。いい言葉ですねえ、今書いているあとがきも——ものすごく苦手なんです——書きださないと始まらない（笑）。

小心なだけでなく踏ん切りの悪さも否定できない自分、突き飛ばされた勢いでヨロヨロッと……小説教室の通いはじめはそんなふうでした。

二〇〇三年四月、神楽坂にあった中島先生の事務所で教室はスタートしました。受講生が詰めかけた部屋に姿を見せた先生の第一声、「中島梓です」——印象的でした。つよいオーラを感じました。じかにお目にかかるのはもちろん初めて、なのにもうずっと前から知り合いでいたような、ふしぎな感覚に捕らわれたのを憶えています。

奇妙な感覚なのですが、詰めかけた生徒たちは先生のことを知っていて当然なのにあえて「君は中島梓をどのように知っているか、思っているか？」を投げかけられた気さえします。それぞれの生徒が持っている「中島梓像」に挑みかかるようにさえ。そしてその時私の前に立っていた先生は「私が考えていた中島梓——栗本薫というヤヌスの面を持つ」イメージとピタリと一致していました。この感覚、言葉にして伝えることがとても難しい——物書きなのにすいません。とにかく私は安心したのです。中島先生だ、私がこうだと思っていた中島梓先生だ！　大丈夫だ、作品を見せられる。弱気のムシをねじ伏せて来てよかった……。

　こうして小説教室に参加した私ですが、最初の頃の課題作品はお叱りを受けてばかり、中島先生を悩ませてしまったようです。でもどんなに「小説になっていない」「妄想のたれながし」「お前はおかしい」と云われても、めげるとか、教室に行きたくないとかはありませんでした。辛い講評をうけるたび、やはり莫迦《ばか》なんでしょう、闘志のようなものが涌きあがり、これならどうだ、これなら「よし」と云ってもらえるんじゃないか、また書いてもってゆくのくり返し——

　思うのですが、実作家による小説教室は、文字通り《実戦》を教えること、武道を真剣で伝授するのに等しいのではないでしょうか？

　筆という名の剣の使い方——どう動かしたら読み手に届くか、胸のすくような思いを与えられるか、禁じ手はあるのか？　必殺技はどこで出すか？　語ってくださる中島先生は真剣でいつも熱かった……。教室は笑いの渦に包まれることもしばしばでしたが、いつもどこかに張りつめたものがあったのも、中島先生の小説へのこの姿勢に負うところが大きかったように思えます。

　先生の小説への——愛に。

「宵野、お前はほんとうに頭がおかしいねえ」

今もこの耳によみがえってきます。

講評をうけるため私が書きつづけたものは、現代小説の中にカテゴリーしづらかったのでしょう。でもどうしてもそれを書いてしまう。その理由は、三十年以上前、栗本薫先生がお書きになった「あとがき」が刷り込まれていたせいかもしれません。

――それは、本質的に《夜》に属する物語である。夜と闇、呪文といかがわしい黒魔術、淫祠《いんし》邪教《じゃきょう》と病んだ魂とに。

ヒロイック・ファンタジイ！　私が書きたかったのはまさにそれなのでした。

だからこそ――中島先生はあれほど厳しかったのではないか？　現代の小説がすこしずつ手放していった闇、小暗く不可解な人の心……迷妄、妄執、情念、悪魔《メフィストフェレス》その人をさえ苦しめる笛の音、そういうものばかり書いてくる弟子に「おかしいねえ」苦笑されたのは、その物語の魔に先生ご自身こそ親しみ、耽溺《たんでき》し、病んでいた同病相哀れむも、すこしはあったのではないでしょうか？

今こうしてグインを書かせていただきながら、あの時の言葉を、茶目っ気のある中島先生の表情や語り口と共に思いださずにいられません。

ご自身の膨大な著作を例にひいて、多彩な経験と人間への洞察力を駆使し語りつくそうとしたのは、小説という《妖魅》の本質だったのではないでしょうか。それがいかに魅惑的で、人の心をまどわし、取り憑いたら最後、生き血を吸いつくしてもまだ足りない、深海で鯨《ガトゥー》の死骸を骨まで食らう蟲のように貪婪《どんらん》なのか？　考えてみると恐い話なんですが、そんな時も先生はそれはそれは楽しそうなのでした。

グイン・サーガ正篇続篇として、五代ゆう先生の『バロの暗黒』に並んで『サイロンの挽歌』を書かせていただきました。現在の自分の力をすべて出し尽くしても足りない、全力を何回もださないと足りないのかもしれない。それぐらいこの世界は大きい、栗本先生が遺していかれたものはほんとうに巨大。書くほどに思い知らされるばかりです。一人ではとうてい飛び込めなかったでしょう。先鞭をつけて下さった方がいたから即座に参加する踏ん切りがついたのだと思います。——五代先生、感謝しております。

こうして広大無辺のグイン・ワールドに一歩を踏みだしました。外伝『七人の魔道師』後のケイロニアに、私——中島先生の弟子である——宵野ゆめは歩みをすすめてまいります。歩けば歩くほど、その深さに絡めとられます。しかし同時に世界がクリスタルのように澄みわたるような瞬間——物書きとして最高の快感も味わえています。この快感を教えてくださった中島先生、栗本先生。二人でひとつの《神》が創造した世界のさらに先へ分け入る野望を持ってしまいました、どうしたらよいでしょう？　この先の世界を——一読者としても知りたかった、登場人物たちの運命の行く末を——

「書けるものなら、書いてごらん」先生ならそうおっしゃってくれるでしょうか？

「ここから見ててやるから」

茶目っ気のある目つきで、イヤリングの留め金を弄《いじ》りながら。

……でも、それはもう少し先の物語になるでしょう。遠い世界におられる先生にお伺いしたいのはこのことです。

「先生が遺されたダイン・ワールドに、私が継ぎ足した枝や葉をごらん頂いてますか？」

この枝が、先生の構想したように伸びてくれるか今はまだ心もとないけれど、私は今イシュトヴァーンばりにデモーニッシュな熱にうかされています。それだけは確かに云えることです。

今はこの想いだけお納め下さい。先生に教えていただいた、小説への愛と共に――

ごめんなさい、途中から個人的な想いばかり綴ってしまいました。

改めて、お買い求め下さいましてありがとうございます。

グイン・サーガを愛する――物語の魔を嗜好される貴方と、次は『売国妃シルヴィア』でまたお会いしたいと切に願っております。

宵野ゆめ拝

著者略歴　1961年東京生，千代田工科芸術専門学校卒，中島梓小説塾に参加，中島梓氏から直接指導を受けた，『宿命の宝冠』でデビュー

HM=Hayakawa Mystery
SF=Science Fiction
JA=Japanese Author
NV=Novel
NF=Nonfiction
FT=Fantasy

グイン・サーガ⑬②

サイロンの挽歌《ばんか》

〈JA1138〉

二〇一三年十二月十日　印刷
二〇一三年十二月十五日　発行
（定価はカバーに表示してあります）

著者　宵《よい》野《の》ゆめ
監修者　天狼《てんろう》プロダクション
発行者　早川浩
発行所　株式会社　早川書房
郵便番号　一〇一 - 〇〇四六
東京都千代田区神田多町二ノ二
電話　〇三 - 三二五二 - 三一一一（大代表）
振替　〇〇一六〇 - 三 - 四七七九九
http://www.hayakawa-online.co.jp

乱丁・落丁本は小社制作部宛お送り下さい。
送料小社負担にてお取りかえいたします。

印刷・株式会社亨有堂印刷所　製本・大口製本印刷株式会社

Printed and bound in Japan
ISBN978-4-15-031138-4 C0193